琉球文学論

島尾敏雄
Shimao Toshio

幻戯書房

目次

琉球文学論

琉球弧地図

上：琉球弧および周辺図
左頁上：奄美諸島・沖縄諸島図
左頁下：宮古諸島・八重山諸島図

奄美大島
喜界島
加計呂麻島
徳之島
沖永良部島
伊平屋島
伊是名島
与論島
伊江島
粟国島
沖縄本島
久米島

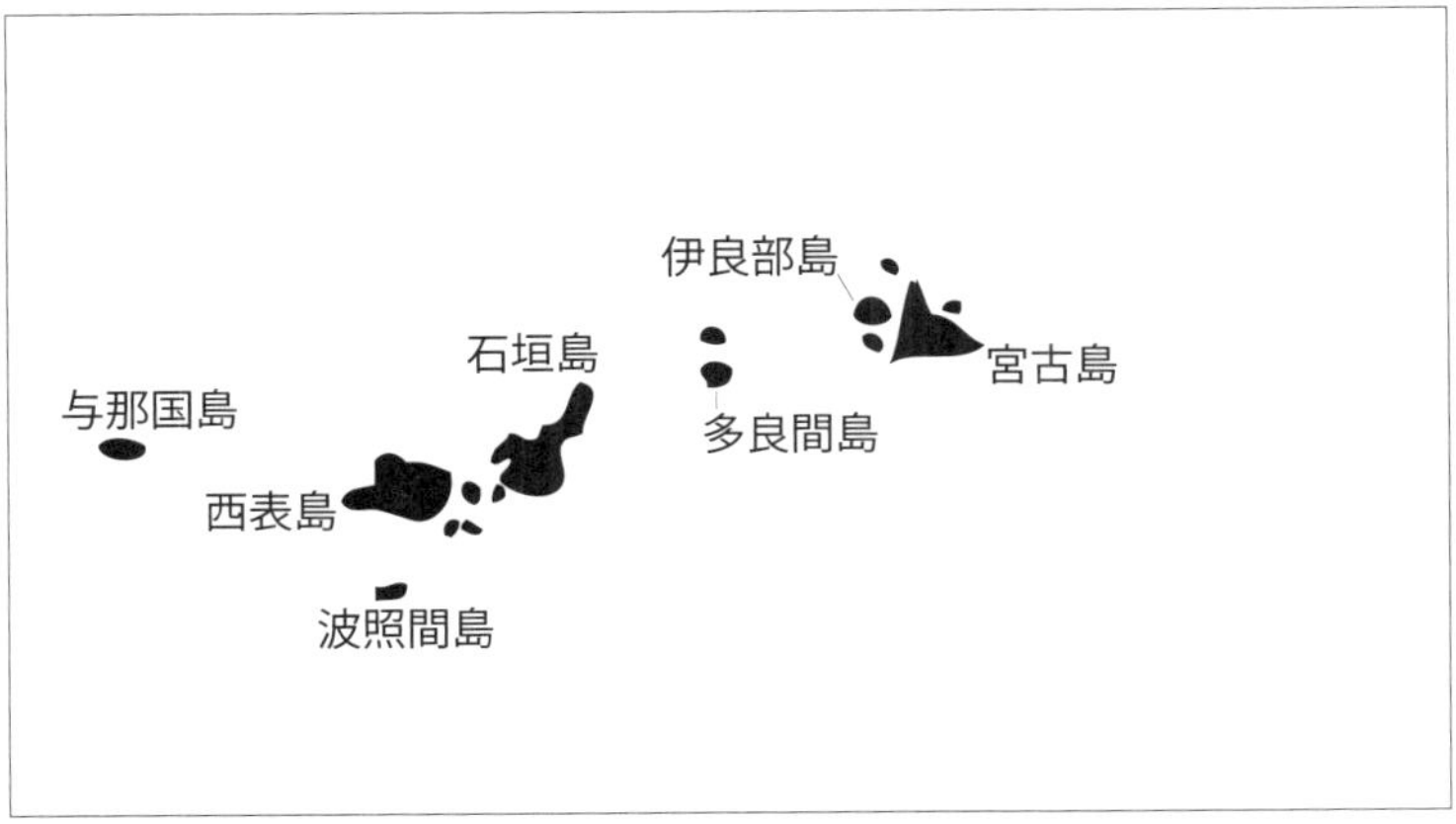
伊良部島
宮古島
石垣島
多良間島
与那国島
西表島
波照間島

本書は、島尾敏雄が一九七六年に多摩美術大学で行なった、集中講義をもとにしたものです。

講義録は当初、一九七七年に出版社・泰流社のもとで企画され、同社編集部・高橋徹氏が音声記録を原稿用紙に文字起こししたのち、著者が草稿を確認し、第二章の途中まで詳細な加筆修正がなされたものの、著者により最終的に「不完全」と判断されました。

書籍化にあたっては、著者没後、現在はかごしま近代文学館が保管する草稿をもとに、著作権者の了解を得て、制作しました。

表記は草稿のままを原則としました。ただし、あきらかな誤記や脱字などを訂正したり、補足説明を追加した箇所があります。また、章題・見出しを適宜変更・追加した箇所があります。

本文に関して、著者自身が付した原注は＊1、刊行に際して新たに幻戯書房編集部が付した注は（1）のように示し、巻末にまとめて記載しました。

本文中、今日では不適切と思われる表現がありますが、講義がなされた当時の時代背景や、著者が故人である事情に鑑み、そのままとしました。

第一章　なぜ、琉球文学か

——その背景の琉球弧について

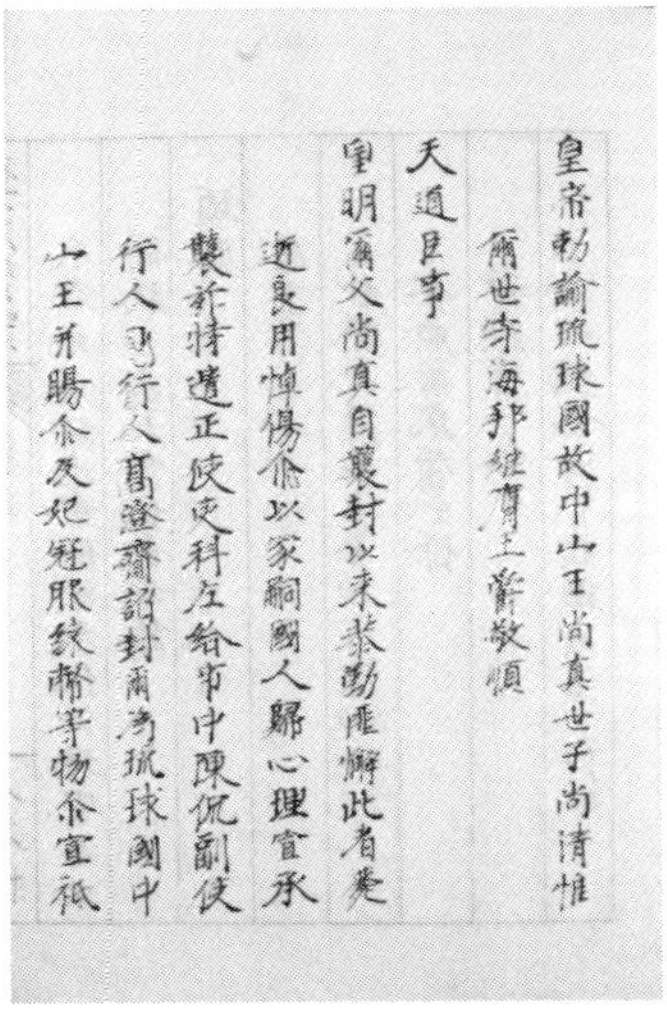
皇帝勅諭琉球國故中山王尚真世子尚清惟
爾世守海邦継有王爵敬順
天道臣事
皇明爾父尚真自襲封以来恭勤匪懈比者甍
逝良用悼傷爾以家嗣國人歸心理宜承
襲兹特遣正使吏科左給事中陳侃副使
行人司行人高澄齎詔封爾為琉球國中
山王并賜爾及妃冠服綵幣等物爾宜祇

琉球文学とは何か

今から琉球文学について話そうとしているのですが、皆さんの中で琉球文学を読んだことのある人は恐らくはいないと思います。なぜ琉球文学かという話を最初にしておいたほうがいいでしょう。

ところで琉球文学という言い方も、じつはまだ定着しているかどうかわかりません。と言うのは、琉球文学という言い方を好まない人もいて、たとえば沖縄文学と言ったり、南島文学と言ったりしています。私は、琉球文学と言うのがいいと思っているのです。

では琉球文学とは何だ、と言いますと、まず以て琉球方言で表現された文学だと言いたいわけです。方言と言わずに琉球語と言ってもいいんですが、それは、日本語の中のひとつの方言だという見方と、そうではなくて、日本語と並ぶぐらいの、独立性を持った言語だという見方があるからです。いずれにしろ日本語と琉球語とは、非常に近く、それの基になる日本祖語のようなものがあって、具体的にはどういう言葉があったかよくわからないわけですが、一方では日本語、つまり本州や四国・九州で使っていることばになってきており、また片方では南の島々で使っている方言になったと理解されています。

私が琉球文学に興味を持つようになったのは、奄美にたまたま二十年ばかり住んだからだと思っています。奄美というところは現在の行政区分でいうと鹿児島県の大島郡ですが、奄美が鹿児島県になったのは明治以後です。昔の藩がなくなって県が置かれた時にそうなったのですが、それ以前とても薩摩藩の直轄地であった。ですから奄美は鹿児島だと言って差し支えがないようなものですが、実際はどちらかというと沖縄に近いのです。

まず手がかりになるのは、言葉ですが、奄美の言葉というのは、沖縄言葉に非常に近い。薩摩藩・鹿児島県とつづいて四百年ぐらいその直轄下にありましたが、薩摩・大隅《おおくま》の言葉とはちがうのです。ちょっと耳にするだけでも全然ちがう。それは琉球語の中の一つの言葉だからです。琉球語と言いましたが、方言とか語というのは、言語学者たちもそれを区別する厳密な基準は無いと言っています。方言という場合には或る心情が入りましょう。つまり、例えば日本語に対して対抗的なきもちが強い場合には、琉球語と言いたくなるわけです。いや、そこはまぎれもなく日本の中なのだ、どうして日本扱いをしないのか、という感情が強く出た場合は、琉球語では抵抗があるから、琉球方言と言ったほうがいいようです。要するに奄美で使っている言葉は琉球語です。鹿児島の方言もかなりわかりにくいのですが、よく聞いているとやはりあきらかに九州方言であって、九州の言葉と非常によく似ている。九州の言葉がよくわかる者が、鹿児島の言葉に慣れてくれば大方の理解はできるのですが、同じ鹿児島県でも奄美にやってくると、いくら鹿児島弁が理解できても、奄美の言葉は全くと言っていい程わからない。

私が奄美に最初に行ったのは、このあいだの戦争（太平洋戦争）の時のことですが、ここはかなり様子がちがうところだなという感じをまず持ちました。鹿児島とは勿論、他の日本本土のほうともちがうという印象を最初に強く持ったのです。その時の私は海軍部隊に属し、結局一年近く奄美に居りましたが、目的が戦闘だったわけですから、島々や島の中を見て歩くなどの余裕はありませんでした。戦争が終わりしばらくして、偶々《たまたま》改めて奄美に移り住むことになってはじめて、島の習慣や言語が少しずつわかってきた。実際に住んで見るとますます日本とはちがう。どちらかというと沖縄のほうに近い。今はそうでもなくなりましたが、沖縄にしても奄美にしても、つい先頃までは日本とはちがうという言い方は禁句でした。そういうことは沖縄の人や奄美の人に好いきもちを与えなかったという側面がありました。日琉同祖という考え方が浸透していたのです。そういう状況下では、琉球語という言い方は耳に逆らったようです。

しかし、言葉だけでなく風習や発想などをよく見てみますと、どうも本土とちがう様子のあることは覆えない。明らかにちがう状況が存在するのに、ただやみくもに日本と琉球はひとつのところから分かれている、すっかり同じだ、という考えが圧倒的であったわけです。

『歴代宝案』に見る琉球王国の海外貿易

最近、戦争中に沖縄の人が書いた『日本南方発展史』（安里延、三省堂、一九四一）という歴史書を読む機会があったのですが、それには「沖縄海洋発展史」という副題がついています。おそらくもともとは「沖縄海洋発展史」として書かれたにちがいないのですが、一書として出版する場合に、「日本南方発展史」という題名にしなければならないような残念な状況があったのだろうと思います。内容は、日本の、と言うよりは沖縄もしくは琉球の、即ち中世琉球王国が東南アジアで中継貿易をさかんにおこなっていたときの研究です。[*1] 当時の沖縄の人々は、琉球王国は、中国、朝鮮、日本三国の間の要のようなところに位置していて、琉球の船をもって三国間の橋渡しをしていたという自覚をはっきりと持っていたのです。[*2] つまりその均衡の中で立っている国だったわけです。しかも自覚を持っていただけではなく、中世の頃の、まだポルトガル船の北上（一五四三年）や日本船の南下以前には、実際に琉球王国は、東南アジア地域の貿易を一手に担っていたようなところがあります。琉球の船が東南アジアからいろんな品物を積んできて、それを日本、朝鮮、中国へ持って行っていたようです。また逆にこれら三国の産物を東南アジアへ持っていく。その頃は朝鮮とか日本そして中国の船は、それぞれの国内事情があって東南アジアへは行かなかったし、東南アジアからもそれら王国への船は数がなかった。もっぱら琉球王国が東南アジア方面の貿易をになっていたのです。

こういう事実は一部の人々にうすうす気づかれてはいても、一般にはほとんど知られずに、又取りあげられもしなかったし、伝承としては言い伝えられてきていても、確かな歴史事実としての裏付けになる史料がなかったのです。

ところが近々一九三一年に至って、『歴代宝案』という琉球王国の海外貿易に関する貴重な記録文書の存在することがわかりました[1]。当時、東南アジアのそれぞれの国王に琉球国王から貿易船を遣わすときには、遣使の身分の証明や貿易の意向の内容を記載した文書を持たせていたのです[*3]。そして又相手国からそれに似た内容の文書がもたらされていたのですが、『歴代宝案』は、それら双方の文書の集成なのです。従ってその内容を検討することによって、当時の琉球王国の東南アジアに於ける貿易の実態が具体的にわかってきたのは言うまでもありません。

なぜこのような記録が昭和の最初の頃までも知られなかったかというと[*4]、次のような事情があったからです。沖縄の那覇の町に、昔は久米村と言われた場所があった（もっとも現在でもそのあたりは那覇市久米といいますが）。沖縄の人はクニンダと発音しています。実は、その久米村の人たちは中国人の子孫でした。中国が明《みん》になったはじめの頃から、琉球も中国と朝貢貿易をはじめるようになりました（一三七二年、明の太祖の時代、三山統一以前の中山《ちゅうざん》王・察度《さっと》によって）。これは中国に琉球が入貢するというかたちを取っていますが、実質は両国間の貿易関係であって、政治的支配とはかかわりがなかったのです。

元が滅ぼされて明が成立したときに、明の初代皇帝である太祖から周辺の国々に「招諭《しょうゆ》」と称する外交文書が出された。つまり太祖が天下を平らげて皇帝の位についたから、臣と称して入貢せよという示威の文書です。その招諭に応じて貢物を持って行くと、賜与《しよ》と称するみやげの物産がたくさん与えられた。それが貢物より多かったのです。それだけ入貢国にとってはたいへんな利益になる。こうしたことは現代人であるわれわれにはなかなか理解しにくいことですが、明という国柄の独特な世界観が、自国の周辺の諸国に対して、支配を伴わぬ臣従と入貢を要求し、失費の多い片貿易を許していたのでしょう。琉球のみならず、日本も朝鮮も安南も、事情は同じでした。室町時代に足利義満が明との交易をおこなえたのは、「日本国王臣源云々」という文字を使って招諭に応じたからです。戦前に歴史を習った者は、このことはたいへんな屈辱外交だったと教えられたのですが、日本とても当時の明と交渉を持とうとすればこういう形を取ったわけです。ですから琉球の対明朝貢貿易のことは、室町幕府の対明貿易の実態と対比しつつあきらかにして行く必要があるでしょう。

『明史』(一七三九完成)によると、諸国の朝貢貿易の回数は、日本が十九回、安南は何回、高麗は何回等々と出ていますが、琉球が百五十回以上と段違いに多い。琉球が最も利を得ていたと言えば言えますが、明をしてそうさせた理由があったのでしょう。つまり琉球を介して東南アジア国の中継貿易が必要であった。それに当初琉球は、中山、南山《なんざん》、北山《ほくざん》という三王国があって、中山王国に統一される前はそれぞれが独立国として別個に明との朝貢貿易をおこなっていた。そのため朝貢の数が多くなったということもあります。中山王国に統一されたあとも、一番回数が多い。明初には、朝貢に要する費用は、明側で負担をしたようです。琉球の場合には往来の船まで与えられていた。その損傷まで、明が直してくれたと言われます。しかし明の国力の頽勢期には、そういうわけにもいかなくなって、琉球王国自体で船をつくり修理もしなければならないようになってきます。そのような経緯の中で、船の動かし方、貿易関係行事や対明の事勢処理、それに言葉の問題もありますから、沖縄の人たちだけではうまくやって行けなかったのでしょう。

その頃の沖縄の人口は十万人ぐらいと推定する人もおりますが、[*5]この進貢船には二百人ぐらいが乗り組んだそうです。たとえ二倍の二十万としても、そんな少人数の住民でよくあの琉球王国一国が経営できたものだと驚嘆しないわけにはいきません。「小国寡民」ということばが『老子』にあります。国は小さいほうがいい、住む人は少ないほうがいい、隣り近所から犬や鶏の鳴き声が聞こえるような狭い地域で、治めたり治められたりする関係があらわにならないかたちで、のんびりと暮していける状態こそが理想郷、という考えが述べられているのだと思いますが、この「小国寡民」という言葉を思い出すたびに、私は沖縄のことが浮かんできて仕方がありません。現在でも百万人を越していますかどうか。[(2)]琉球王国というと、何かこう何百万か少くとも千万の人口を擁する国家を想定しがちですが、実際は十万人もしくは二十万人ほどの人口の小国だったのです。それだけの人口で一国のあらゆる役どころを分担してやっていかなければならなかった。そのために各方面に技倆のすぐれた人間が必要でした。これは当然でしょう。殊に中国との交渉や往来の打診のために中国人の技術者とか知識階級の者が必要であった。そこで琉球中山の察度王の懇望があって、明の太祖が三十六姓といわれるかなりの数の人たちを沖縄に移住させ、久米村に住まわせたのだと言われます。[*6] その人たちが通訳になったり、船を動かしたりして、琉球王国の東南アジア貿易事業の中枢にいたのです。

その人たちは当時の記録を内に秘して外に見せなかった。なぜか近年までそうだったのです。王府の記録の外にあったから全然知られなかった。或る熱心な歴史家が、[*7] それを発見し、一般に見られるかたちに公開しました。それを知った琉球史研究者たちは欣喜雀躍しました。その結果、琉球の東南アジア貿易の実態がわかってきた。久米村の移人中国人の子孫は現在でも沖縄各界の指導的な立場に就いている人が多いと言われます。王国時代の二大政治家の一人である三司官の蔡温《さいおん》（一六八二－一七六二）も、久米村の出身でした。いずれにしろ『歴代宝案』は久米村の人たちが大事に所持し、彼らだけの典例文書として利用し、久米村以外の人には秘匿していたために、そうした重要史料の存在することがわからなかったのだと言われます。

やがて十六世紀になるとポルトガル人がやってきます。東南アジアの諸国を征服しつつ、北上してきて、そこで琉球とぶつかった。ですから当時のポルトガル人の文書の中に琉球人の活躍のことが出てくるのは当然です。[*8] いわゆる大航海時代のポルトガル人の勢力の前では、琉球人は引き退らざるを得なかった。それに日本の問題もあります。それまで朝鮮、中国とは交渉を持っていても、東南アジアへ本土から直接出かけていくことはなかったのですが、ポルトガルの勢力が北上してくるのに呼応する如く、豊臣秀吉の時代を皮切りとして日本の勢力が南下しはじめます。

呂宋助左衛門《るそんすけざえもん》とか山田長政などが出現し、東南アジアの各都市には日本人町が設営されます。これらの状況が琉球の東南アジアでの立場を著しく弱めたことは明らかです。その上、明の国政策の変遷もあるでしょう。かくして琉球の海外貿易は急速に衰微しました。その上に琉球侵略の大事が出来するという事態に遭遇するのです。

奄美と沖縄

ここで又奄美にふれて考察を進めると、奄美は島津氏の琉球入り（一六〇九）の際に割譲されて薩摩藩の直轄になったのは前にも話をした通りですが、その直結の期間は現在まで凡そ四百年ぐらいになります。一方、沖縄はその琉球入りの際、実質的には王国の独立は無くなったのですが、薩摩藩はかげに隠れていたので、外交も行政も一応は琉球王府がやっていることになっていた。とにかくまがりなりにも国の体制を持っているから、ほかの本土の地方とは、やはり、いろいろ様子がちがってきています。沖縄独自の歴史の展開があるし、文化面でも独特のものが出ているように見受けられる。明治に入って琉球処分の結果、沖縄県になったのですが、県知事には沖縄の人はなれなかった。なれないという明文化したものは無いでしょうが、実際には沖縄の人ではなく、本土の人が任命されてやって来た。このあいだの戦争で沖縄が本土から切り離された時に、アメリカ軍政下という状況のもとで、ようやく知事（琉球政府主席）を沖縄の人で担当できる環境が生じた。

考えてみると、沖縄が本土と一体になっていた時期は、明治のあとから戦争の時まで、それと復帰後現在までの、合計して七十年余りだということになります。そのほかはずっと、本土とちょっとちがった歴史の歩み方をしています。一方奄美は四百年も本土に直結してきたものの（敗戦直後の八年間を再び沖縄と運命を共にしたものの）[9]生活文化の底に流れるものは鹿児島よりは沖縄のほうにずっとよく似ているのです。どうしても沖縄・奄美・先島をひとまとめにして考えなければ理解の届かないものが根強くあって、四百年ぐらいでは消滅するものではないのかも知れません。[10]

現在でも鹿児島県の中では、奄美の島というと、本県のほうとはだいぶんちがった所だと意識されています。同時に沖縄・奄美の人のがわにも本土に対して、ちがうというきもち、本土の連中とつき合うには或る違和感が消せないという事情があるわけです。

沖縄・奄美・先島では本土のことを奇しくもヤマトと言っています。つまり、和《ワ》です。権威づけるために大を付し、大和と言ってヤマトと読ませている。もともとは、倭《ワ》のはずです。この倭《ワ》は、字自体の持っている意味はあまり好ましいものでは無い。[11]もとの字は委で、屈《かが》まって稲を植えている耕作民のすがただと言われます。矮の字とも通じそうで、晴れやらぬ印象の字です。この倭字を嫌い、音の通ずる和に変え、やがて大和にしたのでしょう。ですから、沖縄や奄美で奄美から北をヤマト、ヤマトッチュ（ヤマトの人）と言って区別するのは、自分たちは倭人ではないと言っているように私には聞こえます。

要するに、沖縄・奄美・先島は本土とだいぶ様子のちがったところがある。では全然ちがうのか、というとそうではないところもある。今まではどちらかというと、そのちがいには目をつぶってきたきらいがありますが、ちがったところがあるのなら、どこがどうちがっているかをどこまでも明らかにした上で、同じところも又よく見ていくのでなければ、琉球の島々をうまくつかまえることはできないのじゃないか。奄美に住んで、私にはそういうきもちがだんだんつもってきたわけです。そこから日本の歴史を振りかえってみると、全くそのあたりへの視点が欠落していることに気づきます。これまで日本の歴史家の視野の中には、沖縄・奄美・先島（ひとまとめにして私は琉球弧という言葉を援用したいのですが）は、はいっていませんでした。しかしどうしても日本国の歴史の展開は、もっと広い目で見たほうがよい。琉球弧までの目配りがないと、日本列島の実態はうまくつかまえられない。

琉球弧の視点

明治の前にアメリカの黒船が浦賀にやってきて、大砲を鳴らした。そのために鎖国で眠っていた日本が目をさました。日本の開国という大きな歴史的転回の原点は浦賀沖というふうに見られています。しかし、どうもそうじゃない。ペリーは、いきなり浦賀にやってきたのではなく、その前に沖縄の那覇にきているのです。那覇を根拠地にして充分に準備をととのえたあとで浦賀にきたのです。幕府の為政者の頭には沖縄という視野はありませんから、いきなり浦賀に来たと映った。これは一大事出来！　しかし即応できぬまま交渉を一年先に延ばした。それでやっとペリーの艦隊は浦賀沖を離れますが、アメリカに帰ったのではなくて、那覇に行った。そこを根拠地にして、香港にも行っていますが、そうして翌年再び那覇から今度は下田へやってきたのです。その結果和親条約を結びますが、帰りには琉球でも同様の条約を結びました。それで一件落着したわけですが、ペリーは内々に琉球の武力占領をさえ考えていたのです。だからペリーの日本遠征の航海のことは浦賀沖から考えたのでは、視野が狭過ぎると言わざるを得ません。

従って日本のことを考える場合、日本列島を等しく視野に入れた視点で考えた時にはじめて、総体がはっきりと見えてくる。ペリー来航を浦賀沖の時点でつかまえたのでは、ちょっと手遅れなのです。那覇に来た時の、その前後からつかまえなくてはいけない。本土にばかり目を接近させて見るのではなく、もう少し離れて、列島全体が等しく映る目の位置から眺めたほうがいいのではないか。目の位置を高くして視野をひろげて見ると、沖縄、奄美などの琉球弧に限らず、本土のほうでも東北地方などが歴史家の視野から欠落していたのではないかと疑われます。日本歴史の展開のなかにはほとんど出てこないのです。大雑把に蝦夷征伐などという割り切り方で片づけられてしまっている。東北が中央の政治の仕組みのなかに組み入れられるのは、時代もずっとさがって頼朝の武家政治開始の際です。平泉の藤原一族が頼朝に滅されたあと（一一八九）、頼朝の御家人、つまり関東の武士団の連中が東北に入って、支配者層となるのですが、元来の東北土着の人々はエミシ、エゾですから、後退して庶民の中に拡散したことでしょう。

その後もずっと明治の直前まで、あれだけの広い東北に陸奥と出羽の二つの国しかなかったということが、東北の置かれた地位と性格がどんなものであったかを明確に物語っているでしょう。この東北をも南島の琉球弧を眺めるようにして視野の中に入れておかないと、日本列島の全体は見えてこないと考えます。

エミシ、エゾという、中央とはちょっと様子の変わった異族が住んでいる東北。それに南方のほうには熊襲《くまそ》や隼人《はやと》、更に南の弧状列島には南島人の異族が住んでいた。[*12] 熊襲や隼人はわりに早い時期に中央に同化してしまいますが。中央を固めた連中はつまり倭ですから、倭は日本列島を統合して行くだけの政治力を保持していたと見なければなりますまい。

倭人は日本だけでなく、朝鮮の南の部分や満州（現在の中国の東北地方）の南端部から更に奥地のほうにも居たと言われます。それが日本列島に居住した倭人に、最も倭的な要素が定着してきて、中国でも次第に倭とは日本列島に住んでいる人々、そしてその国という限定された認識ができてきます。日本列島内に倭が突出してきた当初は、蝦夷も隼人もなかなかなじめなかったのですが、結局済《な》し崩しに同化して行く中で、南島は倭の体制の中に容易には入らなかった。それは南島の置かれた琉球弧の位置がそう運命づけたこともあるでしょうが、いずれにしても南島の人たちは今でも倭のほうを指してヤマト、ヤマトゥンチュ（沖縄での言い方）といっているわけです。

奄美に、「やまとっちゅと縁結ぶなよ、やまとっちゅと縁結べば、落《う》とぅさん涙《なだ》落とぅしゅっど（落とさなくていい涙を落しますよ）」という島の娘たちの思いをうたった歌があります。まず、そういう文学を考えてみようとしているのです。琉球弧ではシマとヤマトとをはっきり区別しているし、それだけの背景と実態があります。日本の歴史が南島を欠落したかたちで成立してきたことに疑問を持ったように、この南島の琉球方言で書かれた文学もいわば日本列島語による表現ではないのか、それを放っておいていいだろうかという疑問を抱いたわけです。そして私は琉球文学をぽつぽつ読みはじめることに取りかかったのですが、底本の不安定という問題もあって、はっきりしないところがあって遅々として進まなかった。私は琉球文学の研究者ではありませんから、実証も何も甚だあやふやです。ただ関心ばかりは頗《すこぶ》る旺盛で、集中してではありませんが、折々に読みあさってきました。奄美に二十年ばかり住んだということが或いは多少の利点を加えてくれるかも知れません。しかし私が話せるのは、自分が琉球文学を如何に読もうとしているかという、その出発点の整理のほんの手引きに過ぎないことを明らかにしておきます。

第二章　琉球語について

琉球弧の範囲

琉球文学とは、琉球方言で書かれた文学だと一応言っておきましょう。琉球方言というのは、日本語の中の一地方の方言という見方よりも、本土の言葉を全部ひっくるめて対立できるほどの独自性をあらわしている言葉であって、むしろ琉球語と言ったほうがいいかも知れないことは先に話した通りです。有史以前の頃に、日本祖語なるものを想定し、やがて一方が本土の日本語となり、片方が琉球語になったというのが一般に認められた考えのようです。ところでその琉球方言もしくは琉球語はどの地域で話されているかというと、琉球列島で、と言っていいでしょう。琉球列島がどこからどこまでかというと、必ずしも明確ではありませんが、北限を奄美の島々として、それから沖縄、宮古、八重山の島々だと限定して理解するのが妥当です[*1]。琉球という呼称は、最近では割に抵抗なく使えますが、従来沖縄においても奄美においても、どちらかと言えば使いたくないことばであった。沖縄のほうは琉球を避けて沖縄と言いたい傾向があるし、奄美では奄美で、ここは琉球に非ず、とする考え方が強かった。たぶんそれは琉球が中国がわからの呼称と思われているところに原因があるようです。私は、奄美は沖縄や先島と一緒に見るべきだと考えていたから、これら三地域をひっくるめて言う呼称を必要としたのです。南西諸島では作戦用語の感じになってしまう。

奈良時代からの呼称に南島というのがあります。江戸時代などでもよく使われたので、その南島でもいいのですが、この言葉は普遍的な意味を持っていますから、他の地域とまぎらわしい事態も生じてきます。たとえば言語学界で南島語というのはインドネシアやポリネシア、メラネシアのほうの言葉を言うようです。

ところで偶々地学書を読んでいた私は琉球弧という言葉にぶつかった。日本列島の成立のことを書いた書物[*2]で、日本列島は千島弧、本州弧、琉球弧、そして先島、マリアナ弧などと呼ばれる弧状の島嶼《とうしょ》から成っていることを知り、この琉球弧というのはいい言葉だな、と思ったのです。

沖縄と先島には六十余の島々を数え、中には無人島もありますが、それぞれに固有の名前がありますから、沖縄というのは、本来は沖縄本島だけを指すのです。たとえば宮古島に行けばそこは宮古島であって、沖縄は北の彼方の沖縄本島を指しているのが自然だから、宮古をまで沖縄の呼称で覆うには何か無理な感じがある。勿論沖縄県ではあるのだから、差し支えはないようなもののの、宮古島の人にとっては、ここは宮古だ、という意識が強いのです。奄美にも人が住んでいる島は八つあるので、一番大きな島は奄美大島です。ひところ本土の人たちは、大島のほかの島もふくめて奄美大島と言っていました。観光ポスターなどに、奄美大島徳之島、と書いてありました。徳之島だけの宣伝なのですが、徳之島だけではどこの島かわかりにくいから、奄美の中の徳之島であることを示すために、こうした言い方をしていました。しかしこれは島の人から見ると、奄美大島と徳之島というふたつの島になってしまう。最近でこそ奄美という言葉で全体をあらわすことが一般的になってきましたが、しかし今から二十年前に私が奄美に行った当座は、徳之島や沖永良部島では、奄美と言っても、よそのことのような具合いでした。ここは奄美じゃない永良部だ、という気分でした。その沖永良部ですが、本土の人たちはオキノエラブといいますけれども、島の人たちは普通オキノをつけないでエラブとだけ言う習慣があります。島の言葉ではイラブに近い。沖をかぶせるにしてもノはつけずに、オキエラブと言うのです。

奄美大島という呼び方も対外的であって、島の中では奄美をはずして大島とだけ言います。総体的な名前として最近やっと奄美という呼称が定着してきました。そういう状態です。島の名前というものは、個別でも総体でも案外不明瞭なところがあるわけです。おもしろいことに、はっきりした名前がついていても、その島に住む人自体それを知らない場合もあります。戦争中、私は大島のすぐ南がわにある加計呂麻《カケロマ》島の海軍基地に九箇月ばかり居たことがありますが、年寄りに聞いても若い人に聞いても、加計呂麻という島の名前を知らなかった。じゃ、ここは何ていうんだ、と問うと、実久村《サネクソン》だとか鎮西村《チンゼイ》という返事が返ってきました。当時その島の行政区画がその二つだったからです。いくら島の名をたずねても、ちょっと信じられないことですが、知らなかったのです。ではこの加計呂麻というのは最近の命名かというと、そうではなくて、滝沢馬琴の『椿説弓張月』にも「佳奇呂麻」というのが出てきます。加計呂麻島出身の私の妻も自分の島の名を知らなかったので、かえって私が教えた次第でした。

これらの事情は離島というものの性格の一面をあざやかに物語るものでしょう。自称と他称がちがうのも一般のことです。従って私がこれら南島の総称としての「琉球弧」という言葉を見つけた時は、すぐこれはいいぞと思ったのです。琉球といういささか抵抗のある呼称も、それに弧をつけると何かこう優しい。よく活字の拾いちがいで琉球孤となっている場合がありますが、孤島苦という言葉さえ連想し、訂正するきもちも起こらないほどです。近頃では、地学上の術語としてではなく、一般にも使用されるようになったのは、あのあたりの事情が割に知られるようになっただけでなく、奄美・沖縄・先島をひとまとめにして考えなければならぬ状況が認識されてきたからでしょう。[*3]

もうひとつ「ヤポネシア」という言葉があります。さっき奥野（健男）さんから、早くヤポネシアを出しておいたほうがいいぞ、と言われたのですが、実は言いたくないんです、なんか恥ずかしいのです、ヤポネシアというと。これはぼくの造語ですが、パテント（特許）取ってないから、いまはだれが使ってもいい（笑い）。最近「民主文学」という雑誌を開いたら霜多《しもた》正次《せいじ》（一九一三－二〇〇三）さんが長篇小説を書きはじめて題名が『ヤポネシア』となっています[1]。

ヤポネシアというのは、まあ、日本列島のことを言いたかったんです。日本列島全体を目にするような見方から日本を眺めたらどうだろうかという考え方です。ぼくは奄美に二十年住んでいろんなことを考えて、どうもむこうのほうと様子がちがう、ちがうけれども全然別のところじゃない。日本じゃないとは言えない。或る意味では非常に古い日本があるような感じがあったり、いろいろコンプレックスがあったわけです。東北のことも考えたりして、それを日本と言ってしまうとなにかこう、暗いなあ、という感じがあるわけです。すぐ切腹のイメージが結びついてきますから。そうではなくて、古い時代から太平洋の島々の中でつちかわれてきた生活があるはずで、そういうものを全部見まわせるような位置、日本列島と言ってもいいけれども、ミクロネシアとかポリネシアとかインドネシアとかというのが太平洋の島々のグループとしてありますから、一応これはヤポネシアと言ってもいいんじゃないかなあ、とこう思ってつけたんです。そういうヤポネシアというきもちで日本列島を見たいんだ、ということなんです。すこし、ヤポネシアという言葉を口にだすと何かこう拒否反応のようなものがぼく自身にありますから、あんまり言わないと思いますけれども……。

そのため、この琉球弧という言い方でここを見たい、ひとまとめにして見たい。すると奄美も琉球弧として考えた場合には、沖縄のほうと或いは宮古・八重山のほうと一緒に考えていいんじゃないか。

琉球が中国がわの呼称だとすると、その地域をヤマト（本土、倭）がわではどう呼んだかというと、どうやら「夷邪久《いやく》」と言ったらしい。この名称は今の屋久島に残っています。とすると琉球も夷邪久ももとは同じもののようです。鹿児島では琉球のことを「ジキ」と言います。夷邪久と字を当ててありますが実際にはどう発音していたのでしょう。もしかしたら鹿児島で言うジキに近い発音だったような気もします。「琉球」の、当時の中国音もそれに似ていたのではなかったでしょうか。だから別に琉球を避けることはないのではないか。奄美でも沖縄でも、以前のようには抵抗はなくなったと思います。それは沖縄の本土への復帰運動が起こってからあとの顕著な状況のようです。近頃では沖縄の人たちの中に、おれたちはどうして日本人でなくてはならないか、という逆説的発想まで出るようになりました。

琉球弧の島々の歴史は、本土の倭人がこしらえた日本国の歴史の展開に、そのままでは重なり合わないのです。奄美だけは比較的早い時期に[*4]ヤマトの仕組みの中にはいりましたが、沖縄・宮古・八重山は琉球王国という、実際は薩摩藩の強い拘束下にあったとはいえ、とにかく一国としての体裁は、明治の頃まで存続しましたし、明治以後も、このあいだの戦争のあと、二十数年にわたって本土の行政からは分離させられていたわけです。むしろ本土と全く合体していた時期はわずか七十数年という歴史をもっているのですから、いろんなことがちがっているのは当然だと思います。その経緯を知る第一番の手がかりになるのは、何といっても言葉ではないでしょうか。

琉球語と日本語

ところで琉球語を話している地域は、奄美から与那国島までです。本土の言葉とはずいぶん様子がちがうので、或いはたとえばドイツ語とオランダ語のちがいほどの、又はそれ以上の隔たりがあるのではないかという印象さえ持たされるのです。しかし、その構造をしらべてみると、琉球語はどうしても日本語、本土の日本語に最も近いことは明瞭です。よく日本語の古い言葉が琉球語の中に残っているということが言われます。その古さというのは、よく万葉の辺の言葉が沖縄や奄美に残っているという言い方をしますけれども、それではあまりに新しく考えすぎではないか、もっと古いものだ、ということです。ですから、万葉で使われている言葉と似ているというのは、本土と沖縄との言葉の変化のテンポ、変化のしかたがちがうのであって、本土は本土なりに、或るテンポといろんな外的な影響の下に変化して、琉球弧のほうは、どちらかというと孤絶のような状態――まったくの孤絶でもないんですが、琉球王国の中国との関係あるいは東南アジアとの関係をみてもわかるように、島独特の変化というものがあって、途中でも本土と互いに影響しあいながら、現時点で見ると琉球語にはかなり古い様相が残っている。それは万葉集で使われているような言葉と近いんだ、ということになるようです。学者は、その元に日本祖語というものがあったようだと言うのですが、それがどんなものであったかということは、わからない。この頃の学者はコンピューターなどを使って弥生時代の日本語はこうだったろう、という。それは弥生時代の言葉が若干、文献に残っているからです。『魏志』（三世紀後半）というのが中国の二十四史の中にありますが、それに書かれている日本列島の状態は倭です。倭のはじめのほうで、弥生時代ですね。その時代の言葉が、たとえば卑弥呼《ひみこ》とか役職の名前とか、固有名詞が残っている。弥生時代の人骨がたくさん出てくると、頭蓋骨や顎の骨を復元して口の中や顎のかっこうができあがるらしくて、それにヒミコとかという言葉を言わせると、こんな発音になるんだ、というのをいつかテレビで聞きました。フィミコ（カ）とかなんとかね（笑い）。そんなふうに少しずつわかってくるんですね。もうすこし歴史時代になって、平安時代の古今集に載っている和歌でも、今日でいうような発音じゃないそうです。

言語学者で服部四郎（一九〇八－一九九五）さんという人が言語年代学というのをやっていますが、それによると、ある言葉は一定の速度で変化する。当然変化するわけですよね。東京の若い人の言葉でもぼくの子どもの時の言葉とはちょっとちがいますね。女の人の言葉はよくわからんですが、ぼくが子どもの頃と、いまの若い女の人の言葉とはだいぶ様子がちがうようです。ぼくは東京に住んでいない。ずっと端っこのほうに住んでいるでしょう。ときどき東京にきて女の人の言葉が耳に入ると、いちばん、こう、前とちがうな、と思う言葉があるんですがね。「ジャ」という発音が昔とちがっているんじゃないかと、ぼくの耳には聞こえるんです。「いいじゃないの」というとしたら最近の若い女の子は、「いいざない？」というふうにきこえる。ぼくにはね。「いったざない」とか（笑い）。いや、笑うけどね、こんど聞いとってごらんなさい。「じゃ」と

「ざ」のあいだぐらいのところですよ。言語学者はこういう変化を敏感にとらえるわけです。

そういうふうに、二十年か三十年ぐらいの間に言葉はどんどん変わってきちゃうんです。これから先は知らないけれど、いままでの変化の速度は大体さだまってあった。それでいろいろ計算するわけですが、京都方言と首里方言とは千四百五十年位前に別れたのだろうと服部四郎さんは書いていています。千四百五十年前というと、奈良時代より少し前ですか。ぼくは、もしそれが正しいとしたら、いちばん下限のところだと思います。分離しない時代が長かった。千四百五十年位前にわかれたというが、一緒のような言葉だった時期はもっとずうっと長いんじゃないか。日本祖語とは弥生時代の言葉じゃないかというのは服部先生の仮説ですけれども、これは下限がそうであって、当時は現在のようにしょっちゅう往き来をしているわけではありませんが、現在の人が考える以上に北の人が南に行ったりきたりしているわけで、それぞれ証拠があります。とにかく、似たような言葉を使っている列島全体があり、それが分離するにはかなり長い時間があったんじゃないでしょうか。弥生時代というのは五、六百年の間でしょう。長くないです。その前に縄文という時代があるわけです。短くみる人でさえ五千年ですか、長くみる人は一万年ぐらいに考えている。そういう長い間に日本語というのはできてきたのではなかろうかと思うわけです。琉球語と日本語が別れたのはそんなに昔ではないけれども、この長い共同体験とでもいうんでしょうか、縄文の時代というのを考えなければ、日本語というものはどうできたか、わからないですね。

これは今いうのが恥かしいのですけれど、ぼくは最初、琉球語というのは、鹿児島からだんだん南のほうへ下がっていくと度合いが強くなって、与那国あたりまで行くと台湾がすぐそばにあって、台湾では中国からきた人は新しいので、土着の人がいますね。高砂族というインドネシア系統の言葉を使う人たちがいますね。だから与那国まで行けば、だんだん高砂族の言葉に近くなっていくんじゃないか。琉球語の度合いが南下するに従って強まって、奄美より沖縄が琉球くさい、宮古のほうがもっと琉球くさい、八重山に行くともっと琉球度が強まって、与那国に行くともう高砂族と半分半分ぐらい通じるんじゃないか——そういうバカな想像してましたけど、そうではない。与那国と台湾の高砂族の間には、風俗的にはいろいろな似かよいがありますけれども、言語でいえば、断絶があります。なぜそうなったかというのは、わからない。まあ、日本列島がどうしてこう弧状になっているのか、これもわからないですね。地球物理学の先生が見れば、その理由を説明してくれるかもしれないけれど、やっぱりわからないですねえ。どうしてこう、大陸のほうに抱きつくようなかたちであるのか。ときどきぼくは、比喩的に、大陸から離されまいと離されまいとして、くっつこうとしているけれども、どうしても離れてしまったんだ、という形で見えると言うんです。それは大陸の地図があってそう見えるのですが、大陸の地図を外してしまえば、広い太平洋のなかに悠々と点在している。それがヤポネシアじゃないか、とまあ、こう思ったのです。ヤポネシアとはあまり言いたくない感じですけれど。

また面白いことには、琉球弧の島々を見ると、南のほうがふくらんで、北のほうが細くなっています。これもなにか、よくわからない。なぜそうなっているのか。わからないといえば、地球があってそのまわりに水がくっついているというのが、わからないですねえ。さかさまになったら落ちてしまうはずなのに落ちないいんですからねえ（笑い）。

琉球語の四区分

いま琉球語をどう分けているかというと、学者はいろんなふうに言っていますが、

1　奄美・沖縄方言
2　宮古方言
3　八重山方言
4　与那国方言

これをいろんなふうに組みあわせ、奄美と沖縄を別にし、与那国は八重山に入れて、

奄美方言
沖縄方言

宮古方言
八重山方言
としたりします。
奄美・沖縄方言は、奄美は領域が狭いんですけれど、非常に島々の個性が強いので、
奄美大島南部方言
奄美大島北部方言
喜界方言
徳之島方言
沖永良部方言
与論方言
沖縄北部方言
沖縄南部方言
という分類になります。これは学者が大体一致しているようです。
宮古方言と八重山方言を一括して先島方言として、先島方言の中に宮古方言と八重山方言があ

るというように考える学者もおります。与那国方言は独立させていう人と、八重山方言の中に入れてしまう人とがおります。しかし、ぼくは最初にあげた分けかたがぴったりくるような感じをもっているんですね。沖縄芝居という琉球語の芝居がありますが、ぼくは奄美に二十年いたので奄美の方言を知っていると大体、わかるんです。見当がつきます。マネはできませんがね。宮古とか八重山の人たちは、もちろん現在の人はそれぞれ知っているし、交通がさかんで昔のようじゃありませんから、共通語もあってすぐわかるわけですが、そういうものがないと仮定して、宮古、八重山の言葉しか知らないで沖縄方言の芝居を見たとすると、奄美の人が見たほどには、わからない。先島より奄美のほうが沖縄芝居の方言に近い。そういうふうに琉球語の方言は分けられています。

参考までにいうと、言語年代学で計算すると日本語と朝鮮語は四千七百年前に分かれた。アイヌ語との距離は七千年前から一万年ぐらいだそうです。アイヌ語というのは日本語とはまったくちがうわけですけれども、歴史的に日本と非常に近い、くっついた生活をしてきたわけで、東北あたりにはかなり入りこんでいたのではないかと思われます。その後の歴史の中でもしょっちゅう往き来があるので、言葉としては日本語ではないのですが、日本語との交渉の度合いはかなり深いようです。言語年代学ではじき出すのによれば、アイヌ語とは縄文のはじめの頃に分かれていくんですね。分かれたというのか、逆にその頃からかかわりが出てきたというのか、そのへんはよくわかりませんが、とにかくこういう数字が出ています。

こういう琉球語による表現が琉球文学です。最初にもいいましたように、「琉球文学」というのにちょっと抵抗がある。それで「沖縄文学」という使い方をする人とか、「南方文学」とかいいますが、ぼくはやっぱり奄美・宮古・八重山にもそれぞれの地方の方言で伝承された文学がありますから、そういうものを含めた場合に「沖縄文学」というと、実際に島々に踏みこんでみると沖縄本島のほうにより目が向いてしまうということがあって、思わしくないんじゃないかという気がしますねえ。しかし「沖縄文学」という言い方はなかなか消えません。

文学だけではなくて、「沖縄学」という言い方があります。この言い方はかなり定着していますが、「琉球学」という言い方のほうがいいのではないか、という感じがぼくにはあります。沖縄の人で、今は亡くなりましたが金城朝永《きんじようちようえい》（一九〇二‐一九五五）という学者がおります。この人は「沖縄学」というよりも「琉球学」といったほうがより適切だという説をずいぶん古いときに出しています。現在もこれに似た考えを持っている人たちもいます。しかしもう「沖縄学」が定着してしまっているのですから、あまりこだわらなくていいのかもしれません。ごく最近では『鑑賞日本古典文学』に琉球文学を扱った一冊が出ましたが、これは「南島文学」と題しています。しかしぼくは「琉球文学」がいいんじゃないかと思っています。

さて、琉球語で書かれた琉球文学を、琉球という地域での文学というところに力点を置いて、何も方言で書かれたものに限らないとなると、現在でも琉球の人たちが小説を書いていて、芥川賞になったりしていますね。大城立裕さんとか東峰夫さんとか。そういう人たちを何というのかとなると、これはむつかしい。朝鮮人で日本語で書いている文学がありますが、それは日本文学でいいわけですが、果たして本当にそうかと首をひねると、ちょっとわからなくなるところがあります。琉球文学については、本土方言といっていいのか、共通語ですね、そういう言葉で書かれたものは一応この研究対象から除外しているのが一般的な趨勢です。

　しかし現在だけではなくて、国文で書かれた文学というのは琉球王朝時代にもあった。本土の言葉で書かれた文学は組踊《くみおどり》作者の平敷屋朝敏《へしきやちょうびん》（一七〇〇－一七三四）にもあったのです。そういうものはどうするかという問題がまた出てくる。別個に扱うのか、琉球文学として扱うのか。さしあたって、琉球方言文学とはどういうものであるか、といっても、いまだ整理ができていないのです。だからいろんな説があったりして、戦国時代のようなものです。本土の古典文学をなにかひとつ研究して仕事をしようとなると大変かもしれないけれど、琉球文学のほうはその点では大穴じゃないでしょうか。すぐ博士になってしまうような問題がごろごろしている、という気がしています。

第三章　琉球文学の歌謡性

歌謡と口承

琉球文学の特色を挙げると、いろいろあるんでしょうが、口承的な要素が非常に強い文学だといえるでしょう。それから、文学のジャンルには大まかに分けて韻文と散文があるわけでしょうが、この分けかたからすれば、韻文が圧倒的に多く、散文が非常に少ない。韻文も歌謡的なものが多いんです。まあ、日本文学の中で歌謡的なものとは何か、となるとむつかしい問題がいろいろあるようですけれど、歌謡学会という学会までありますね。流行歌の研究ではなくて（笑い）、明治以前の歌謡の研究でしょう。歌謡的なものを大雑把に分けても、読む歌とうたう歌があるわけです。歌謡というのは、うたう歌です。うたうからふしがある。ふしをつけてうたうと、どうしても調子が出てきて踊りだす。そういう舞踊的な要素もくっついてくる。また、ふしがあるから伴奏する。大げさにいうと音楽的な要素がついてくる。最初は手で拍《う》ったりするかもわからない。それが三味線になり鼓になったりする。そうしたものがくっついてくるもののようです、歌謡というものは。琉球文学はその歌謡的な性格が非常に強い。口承的な性格と全然別個なものではなく、口承的な性格が強いから歌謡的、歌謡的だから口承的になるともいえると思います。歴史の関係でもって口承的になることもある。

本土のほうとの歴史の展開のしかたが、千年ばかり本土より遅れている。遅れているという言い方もどうかと思うのですが、本土が古代・中世・近世・近代と大まかに言って歴史が展開されてきたとすると、それを琉球の歴史の展開にもってくると、琉球の古代的なものが、本土の中世ぐらいになってくるわけです。ですから、その間に千年ぐらい差がある。——こう歴史家は言っています。中世あたりになっても、本土の古い文学の最初は口づたえで、文字に書くようになっても写本ですから、流布の速度とか状況なんて非常に怪しいものです。写本といっても、写す人が勝手に書き替えちゃったりすることはしょっちゅうある。するとそこに、口承的要素が入ってきますね。口づたえというと受ける人がまた口で伝えるときに、勝手に変える部分が出てきます。口で言いにくいのを言い易いようにしたり……だからもとのものと、何人かの口を経て伝えられたものとは大分様子がちがう、ということがあるでしょう。写本時代に入っても口承的な要素というのは、かなり強いと思います。これは琉球文学の場合は非常に強くて、現在まで残っている。テキストとかかわってくるんですけれど、はっきりしたテキストのある琉球文学は少ない。ウムイという、歌謡のなかの一つのジャンルがあります。ウムイとして記録されたものは、たとえば十六、七世紀にいくらかありますが、その数は少ない。ところがウムイというのは現在までずうっと口伝えで村々に残ってきているわけです。すると、現在の時点でウムイを集めなければならない。集める人の質の問題がありますから、学問的な人とそうでない人、どんどん自分の好きなように変えてしまう人、いろんな人がいます。そういう人が記載する。ぐあいの悪い記載をする人たちもいるわけだけれども、とにかく集めなくてはならない。現在でもそんな段階があるんです。いくらかそれが宗教的なことと関係してくると、なかなか教えないですから、嘘を教えたりもする。すると教えられた嘘をそのまま受け取って、採集できたと喜んだりすることになるわけです。そのように現在まで口承的な性格というものが、琉球文学にはあるんです。

それと、琉球文学にはこんな様式の文学があるんだ、という琉球文学学の本格的な研究は明治以後なんです。明治も終わりに近い頃からやっと文学として研究するようになった。王国時代にちょっとありましたが、それは数えるに足りない。明治以後というより戦後圧倒的に研究がひろまってきたので、それまでは野ばなしの状態にほうっておかれたにすぎない。

そういう研究が戦後さかんになってきたけれども、どうしても沖縄本島のものに集中しがちです。沖縄本島には王府がありましたから。琉球中山王国の王府です。そこではどうしても文学の編纂とか、そういうことが行われます。だから記載されたもの、記録されたものがあった。それを研究することから、こんどは口承のものを採集するようにひろがっていった。要するに沖縄を中心にした研究が進んでいるわけです。

ところが、琉球弧のそれぞれの島に、現在まで口承でうけつがれてきている方言文学がいろいろ雑多にある。その名前はみなちがうものがくっついているんです。ではその中身はみなちがうものかというと、そうも言えない。琉球弧は本土方言とだいぶちがう琉球方言をしゃべっている、そのことは四つの方言のグループに共通しているのですから、そこには共通の生活があったわけです。生活文化が共通していたといっていいでしょう。たとえば宗教のしくみが似ていたり、村のできぐあいが似ていたり、いろんなことが似ている。その中で古い時代の歌謡は宗教行事に結びついていますから、似たような宗教の中で歌謡が起こってきたのだろうと考えられる。島々で別個な名前がついているからといって、これはちがうものだとも言えない。それが本土のように年代的に記載・記録されたものが残っているとすれば、それぞれつきあわせて研究することができるけれども、手がかりが非常に薄いものだから、現在ばらばらに伝承されているものを収録して、その上でまた比較して、これとこれは名前はちがうけれど似たものだ、という交通整理をしなくちゃいけない。それがなかなかできていない。沖縄本島自体の文学でさえまだ構造が明らかにされていないといっていいし、まして離島を含めた四つの地域の方言文学をうまいぐあいに視野の中に収めるところまで、現在いっていないのです。

これから話すことも、沖縄本島に力がかかってしまって、奄美のことをすこしやったり、或いは宮古・八重山のほうへ行くと、もう言葉がわかりませんから、全く表現が漢字まじりの片仮名で書くわけですけど、方言というのは音標文字でも使わなければ正確に書きあらわせませんから、それを片仮名や平仮名といった、限られた表現しか持っていない記号であらわしていくのがなかなかむつかしいですね。そうして表現したものが、文学になっているかいないのか、という問題があります。集めたものが、文学として優れたものかどうか判定する目利きもしなくてはならない。たいへん困難だといえば困難な領域ですけれども、面白いといえばこれほど面白い文学領域はないのではないかと思われます。

呪詞的古謡

南島歌謡を非常に大雑把な分け方をしますと、南島古謡とそうでないものとに分けられます（次章参照）。どちらも歌謡なんですが、古い時代のものが古謡です。文学というのはまじないから起こったのだ、という有名な説がありますが、まじないとはなんだというと、願望だそうです。願望があればそうなってほしいわけですから、それにはどうすればいいかというと、やはり言葉です。言葉でいうよりしかたがない。言葉というものに、ある霊力を感じて、信じて、何かいう。それが呪詞、まじないで、それがだんだん文学になってゆく。古謡には呪詞的なニュアンスが強い。奄美では現在でもクチという呪詞があります。これを文学と言っていいかどうかわかりませんが。沖縄でも奄美でも言葉のことをクチといいます。沖縄の言葉をウチナワグチ、奄美ではシマグチといいます。このクチという呪詞は、やっぱりまじないで、クチを入れる、ということがある。だれかを呪ってやろうと思うと、たとえばその人が食べるパンに或る言葉を吹きかけておくんです。すると、それを食べた人が死ぬとか病気になるとか、ひっくりがえるとかする（笑い）。それをクチを入れるといいます。「クチイルン」とでもいうのでしょうか。

大工《だいく》さんがクチを入れる本職みたいなもので、大工さんとうっかりつきあうな、下手につきあうとクチを入れられる、といいます。

そういうものが琉球弧のそれぞれの島々、奄美・沖縄・宮古・八重山に、たくさん残っている。これは記載されているものは少ない。もちろん、最近では記載されています。民俗学が非常に盛んですので。ぼくは奄美にいるとき図書館に勤めていたので、夏休みなどたくさん学生諸君がやって来ました。ぼくは夏休みは名瀬市の観光係だと言ってましたけれど、いろんなことを調べにやって来ます。島に伝わっている口承の文学を採集しようとする人たちも来るわけですけれども。オモリという呪詞的要素の強い歌謡が奄美にありました。現在もあるんです。そのオモリはいままで文字化するのが非常にむづかしかった。旧藩時代、薩摩藩士で奄美に流されてきた名越左源《なごやさげん》太《た》（一八二〇－一八八一）という人が嘉永の頃の奄美の状態を記録した『南島雑話』という本があります。その中にすこし入っているのが、古いものでは唯一ではないでしょうか。その後も、オモリというものはあるんだということは知られていて、オモリ自体を知りたいとみんな思っていたものの、文字化することは難しかった。ノロ――島言葉ではヌルといいますが――という土俗信仰の司祭のような人は、まつりをしている間に神さまになってしまうような性格の女の人のことですが、ある地域に一人いるのです。このノロが、先代のノロから口伝えできく。もちろん紙に書いて覚えるわけではない。だから、わけのわからない言葉があります。そのままにのみこんで、覚えこむ。そして伝わっているわけです。このノロから聞きだすことがたいへん困難だった。一つか二つしか伝わっていなかった。伝えた人が死んでしまったりすることもあり、また、むやみに人に伝えることはできないからです。

ところが、ぼくが奄美に行ってからのことですが、ウィーン大学の大学院生(1)がひょっこりやってきました。彼は日本の神観念のことを調べに来たんです。日本人がどういう信仰の体系を持っているのかをテーマにしていた。いろんな文献を見ていると、奄美のノロというのは沖縄と同じ構造を持っているんですが、沖縄のほうは若干調べがついているものの、奄美のほうは二、三の学者が調べただけで、ほとんど手がつけられていない。そこに目をつけて、まだ十分調べられていないところを調べたら、彼は自分の学問として博士論文をとりやすかったのかどうか、それは知りませんが、来日して東京からまっすぐ奄美へやってきた。目のつけどころが面白いですね。それで加計呂麻島のいなかの部落に入りこんでしまったのです。ウィーン大学には昔から日本研究所のようなところがあったらしく、そこで日本語を習ってきたのですが、最初は日本といえば桜の下で武士が切腹しているイメージがあった、と言ってました。奄美へ行って、その部落でノロのおばあちゃんと仲良くなって、オモリを簡単に七つもテープに吹き込んでしまったんです。ノロのおばあちゃんは、島の人たちに教えるのはもちろんいけない。本土の学者が行ってもなかなか言を左右にして教えない。けれどもウィーンから目の青くて——なんでも目の青い、というのはジャーナリストの慣用文句ですけど――色の白い、可愛いぼうやが行ったら、七つぐらいテープに取ってしまった。

そんなふうにして、だんだん記載化されるわけです。それなどが大きな手がかりになって、次第に奄美のオモリの研究も進んできた。沖縄にもオモロという古代歌謡がありますから、すぐオモリとの関係が考えられる。オモロは沖縄のいい方からするとウムルになります。オモリはシマグチでいえばウムイですね。沖縄にはまたウムイというのもあるんです。みな似たような感じがする。しかし、奄美のオモリと沖縄のオモロとはまたちがうんです。奄美のオモリのほうは古い。沖縄のオモロのほうは呪詞的な要素が薄く、叙事的な要素がずっと強く出てきているのです。奄美のオモリは叙事性がなく、まだ呪詞的段階で、長いあいだノロ――それはおばあちゃんであった時もあるでしょうし、若い娘のときもあったでしょう――の言い伝えで伝承されてきたわけです。戦後になってやっと言語として記載されたという状況です。そんなふうに、古いものと新しいものが入れまじっている、それが琉球文学の実態じゃないかと思います。

こうした呪詞的歌謡も、奄美・沖縄・宮古・八重山のそれぞれの地域でちがうわけです。琉球弧はこの四つの区域で把握するのがいちばん妥当だと思います。それぞれの島にこの呪詞的要素の強い古謡があります。それに、もう少し叙事的要素の加わったもの、さらに抒情的要素の加わったもの――これは「私」が前面に出てきて、あの人が恋しいとかということが歌の中に強烈に出てくるようになる――が、南島歌謡としてつかまえられていいんじゃないだろうか。南島歌謡の中にも、四つの区域のものが、それぞれあります。その相互の関係は、現在のところスッキリした位置づけはされていない。大体において沖縄本島のものがよく研究されている。よく、といっても、みんながそれを認めるというところまではいっていないようです。まだいろんな意見がある。例えばオモロという歌謡とクェーナという歌謡があります。どっちが古いかということについて、いろんな説があり、まだわからない。それは記載された資料というものが非常に少なく、現実に現在もなお口承的な性格を多分に持っているというかたちで投げ出されているわけですから、研究が進んでこないとハッキリしたことは言えない。そういう状態にあると思います。

オモロ、琉歌、組踊

沖縄群島がまず中心になりますが、琉球文学を大きく分けますと、その三本柱として、オモロ、琉歌、組踊の三つを挙げることができます。オモロというと、琉球王朝のときの王府が編纂した『おもろさうし』全二十二巻の書物にこしらえられたものがあります。はじめから完成するまでに百年ぐらい（一五三一〜一六二三）かかっています。これは有名ですから、どうしても琉球文学のひとつの柱といわなければならないでしょう。

また、一六〇九年に島津の琉球入り、武力的侵入があって、赤子の手をひねるように島津藩は琉球王朝を征服し、自分の権力の下にしてしまった。ただ、目的は別のところにあったので、琉球王朝をつぶすのではなく、島津は在蕃奉行と目付を置いて、沖縄の政治に若干介入しましたが、大局において琉球王朝は保護したわけです。王朝があれば、そこで文学や芸能は保護されて、それで『おもろさうし』も王府が編纂していた。

島津の琉球入りを境にして、オモロという古謡的な性格がなお残っている形式の歌謡は滅びてしまうのです。なぜかよくわからないですが。歴史が移ってきて、古代的要素がなくなってしまう。それとその頃、三味線が入ってくる。中国からか、もっと南のほうからでしょうか、琉球に入ってくる。よく蛇皮線《ジャヒセン》といいますが、島の人たちはそうはいいません。観光用語ですから、本土の人が行って言えば、島の人はジャヒセンと調子をあわせてくれますが、奄美でも沖縄でも、そうは言いません。三線（サンセン、サンシン）と言っています。これが沖縄の人々の生活の中に入ってきた。沖縄の文学は歌謡的な性格が強く、オモロももちろん歌謡ですから、或る調子と踊りをともなって、鼓であったり手拍子であったり、そのほかにも拍子をとる道具もありますが、そういうもので拍子をとりながらうたっていた。しかし伴奏に三味線が入ってくると、オモロの、古代的な大らかな調子は、それに合わない。

そこで三味線に合うものが、八・八・八・六という調子でうたわれる琉歌《りゆうか》です。本土には和歌があります。これもウタですね。中国の漢詩、中国のウタと区別して和のウタ、和というのはぼくに言わせれば倭ですが、和歌という、もともとはウタです。短歌とか長歌とかありますね。それが沖縄に入ってきた。沖縄でもそのままズバリ、ウタといった。ただ、和歌を意識しますから、それと区別して琉球のウタという意味で、琉歌といった。近世、島津が琉球に入ってから、非常にさかんになります。この八・八・八・六という音数律の調子は、琉球のほかの島々――奄美にはもちろん――に深く浸透していきます。

本土のほうの音数律は、七・五とか五・七というのが好きなんです。「ちょっとまて」とか「酒はのめのめ　のむならば」とか、みなそうです。標語なんかもみなそれでくるわけです。それじゃないとおさまらないようなところがあって、その調子が好きなんです。どうしてそうなるのかは、ちょっとわかりませんが。

ところが沖縄のほうへ行きますと、五・七、七・五では、ちょっとせわしすぎるのです。もっとゆっくりした八・八・八・六は、伝統的なというか、沖縄にふさわしい調子がある。この琉歌にも、本土のほうの和歌に短歌・長歌・旋頭歌があるのと同じように、短歌・長歌・クドキ（クドチといいますが）がある。短歌が八・八・八・六なんです。

また仲風《ナカフウ》というのがある。これは、上のほうは本土の七・五、五・七の調子、下が八・六でおさめる。ヤマトとウチナワを混血させたようなものが仲風という形式です。ひとつ覚えているのは、あまりいいうたではないですが、

月は昔の　七 ⎫
月やすが　五 ⎭ 和歌風

変わて行くものや　八
人の心　六　｝琉歌風

というのがあります。これを全部沖縄風にすれば、歌にはなってないけれども、「月は昔から月であるが　変《か》わていくものや　人の心」となれば沖縄風ですが、「月は昔の　月やすが」と七・五でいくとヤマトくさい。八・八・八・六となれば沖縄風の音数律です。この仲風は沖縄のインテリの間ではやりましたけれども、いい歌も出ないで廃れてしまいました。

この八・八・八・六という音数律は琉球弧全域にひろがっていって、即興でなにかいう場合にはついこれが出てくる。前の沖縄の知事さんの屋良朝苗《やらちようびよう》（一九〇二―一九九七）という人が回顧録を書いていましたが、(2) 復帰の運動をやっていて校長会でレセプションをしたときに、ある校長先生が復帰運動にたずさわるきもちを琉歌にたくして披露しているものがあります。

アメリカぬさとぬ
ちかんどぅんあらば
うちなわまんがたみ
やまとわたら

これはぼくの発音が悪いので沖縄の人が聞いたなら吹きだしてしまうのですが、まあかんべんしてください。どういうことかというと、「復帰したい、しかしアメリカのひとが聞かなければ、沖縄をひっかついで、ヤマトに渡ってしまうぞ」というきもちですね。これは八・八・八・六です。何かきもちが昂揚して歌でうたうというときには、ヤマトの人は五・七・五・七・七で辞世の歌を切腹する前に詠んだりするでしょう。沖縄の人は切腹はしないけれども、いや、ワタキリギモといって切腹する人もいるようですが、八・八・八・六という調子でいくわけです。何かゆったりしたところがあるんですね。

この音数律のちがいから、本土と沖縄とのいろんな発想のちがいをきわめていくと面白いものが出てくるんじゃないかという気がします。

また組踊というのがあります。これはオペラといったらいいでしょうかね。ずっとあとになって、中国との関係では、明が滅びて清になりますね。清になってもまだ琉球王朝はありますから、琉球王が交代するときは、朝貢のかたちをとるために、「こんどこういう中山王朝の王になりたいから認めて下さい」というさそいの使いを出すわけです。そうすると中国（明あるいは清）から冊封使《サツポウシ》が「おまえを琉球王国の国王にする」という辞令をもってくる。冊封使の乗ってくる船を冠船、まあ、王冠をもってくるからということでしょうね、沖縄の人たちは「御冠船《ウクワンシン》がくる」といっていました。御冠船というのは五百人ぐらい乗ってくるのだそうです。正使・副使以下五百人ぐらいが那覇に半年も滞在する。その間に五回か六回、節々の祝いがあって、歓待するのです。そのとき使う費用が、沖縄の一年分の出費分もの予算の多寡があったそうで、たいへんですね。そういうことをやってでも、朝貢貿易をつづけなければならないから、沖縄にとってもたいへん重要な行事であったわけです。御冠船が来たときにいろんなかたちで歓待する。御冠船踊りというのを見せます。それもだんだん凝ってきて、御冠船踊りを宰領する踊り奉行になった者は、いろいろ頭をわずらわして歓待の方法を考える。

あるとき、といってもはっきりしているのですが、玉城朝薫《たまぐすくちょうくん》（一六八四―一七三四）が踊り奉行となった。この人は王家のわかれから出てきた家柄の人で、この人が組踊をつくった。若い時から鹿児島経由で江戸などにも全部で七回、組踊をつくる前までは五回上っていて、半年から一年ぐらい滞在期間があるのです。江戸は歌舞伎が発生する元禄時代にあたります。能や狂言など、もともと沖縄の王朝では本土のそういう芸能がなかなかさかんで、謡《ウタイ》などは嗜《たしな》みとしてみな知っていたわけです。だから玉城朝薫が若いときに鹿児島にきて、島津の殿様の前で仕舞をして踊ると、ジキジンでもよく知っとるもんだと感心されたということがありますけれども、もともとそういう素養があるうえに、江戸、往き帰りに京・大阪も通りますしね、それから薩摩でもそういう体験があるので、本土の芸能にかなり洗礼をうけていた。それをもとにして、沖縄の伝統的な芸能と伝説とを一緒にして能のような芝居を組みたてて、沖縄の言葉で科白《せりふ》を言って、調子をつけ、節《ふし》でうたって芝居をつくった。それを組踊といいます。この玉城朝薫は五つつくりました。

これは沖縄の組踊の基本的なもので、組踊はこの五番に尽きる、という人までいるくらいです。その後にも組踊をつくった人は何人かいるけれども、結局、玉城朝薫の五番、それから平敷屋朝敏の「手水の縁」、田里朝直《たさとちょうちょく》（一七〇三－一七七三）の三番ぐらいが、現在でも鑑賞にたえるどころじゃない、すばらしいものとしてあるといわれています。全部で七十ぐらいつくられたそうですが、現在まで残ってときどき上演されるものは限られてきています。

　このオモロと琉歌と組踊というのが、琉球文学の三本柱みたいなもので、ひと通り目をとおせば、いまいったようなものです。呪詞的な古謡のようなものは、オモロの中にみな吸収されます。琉歌は近世的な南島歌謡で、それぞれの島にある歌謡は、琉歌との比較において、琉歌の影響という点から見て行けば、相互影響もいろいろあるわけですけれども、だいたい見当がつくのじゃないかと思います。

　こういうもののテキストが問題になりますので、テキストをちょっとあげておきます。さきにのべたように、各離島にあるようなものは、現在収集中です。いまから新しいものがどれだけ収集されるかむつかしいですけれども、いままでに収集されたものでも、非常にテキストは不安定な状態です。同じものをAとBが集めるとして、一致しないわけです。

　記載されたものを点検しておくと、オモロ、琉歌、組踊は王朝時代から流行したもので、テキストもそれぞれ比較的残っている。それより古いもので呪詞的なものは、王朝時代に編纂されたもの中にいくつかは収録されているんですけれども、「ミセセル」（御《ミ》宣《セ》宣《セ》る）――「宣《セ》る」というのがたたみこんで「セセル」になり、それに「御」がついたと解釈する人もいますが――という呪詞的な古謡がある。これが書きこまれているいちばん古いものに、一五二二年の真珠湊《マダンミナト》の碑文があります。港を修理したときの記念とか、王様が即位したときの記念だとか、いろんな理由づけがあってそういう碑が樹てられた。かなり古いですね。その碑が現在残っているかどうか、ぼくはチェックしてきませんでしたけれど、[3] そういう碑文が書物に残っているわけです。

　それからヤラザ杜城《モリグスク》の碑文というのがあります。碑文だけを集めたような本が王朝時代にできていますが、その中だけに残っているのか碑文そのものが残っているのか、ぼくにはハッキリしません。[3] この碑文が一五五四年、その中に「ミセセル」が一つ残っている。いずれにしても『古事記』や『日本書紀』にはだいぶへだたりがあります――もっとも、中国のほうの記録とくらべたら問題になりませんけど。

　一七〇三年に『仲里旧記』という書物があり、この中に呪詞的な古謡がひとつ記されている。それから一七一三年の『琉球国由来記』の中に、ミセセルとかオタカベとか――後で説明しますが――呪詞的な古謡が収められている。もちろんそういうものはごく少なくて、記録されないものが現在、民間のノロ、ユタのような人たちの口づたえでもって、言い伝えられているわけです。そういうものはまた別にありますけどね。そういうとこは古いですね。

　また、『おもろさうし』というのは、最近は『日本思想大系』というのに『おもろさうし』一巻（第十八巻、岩波書店、一九七二）が入ってくるようなことになりましたけれども、戦前はちょっと考えられなかったですね。戦後はやはり琉球文学を日本文学の中で考えようという方向が出てきております。

『おもろさうし』は、一五三一年、一六一三年、一六二三年の三回にわたって編纂されました。全部で二十二巻、それぞれの巻に題名がついています。第一巻は「きこゑ大ぎみがおもろ　首里王府の御さうし」、第二巻は「中城越来おもろ　首里王府の御さうし」というような表現です。これはちゃんとした写本が残っている。戦争中はアメリカが持っていってしまって、あとで返してくれた。それを琉球博物館（いまの県立博物館）へ収めておったら、ドロボウが持っていってしまった。そして一週間ぐらい経ったら、また返してよこした（笑い）。現在はちゃんとあります。いろんな写本があって、或るものは滅びてしまったりしているのですけれども、わりに筋の正しい写本が残っているようです。

琉歌のほうは少し時期が遅れるわけですけれども、一七七五年にちょっと琉歌の集成のようなものができたことはあります。一七九五年に『琉歌百控《ひやつこう》』というのが、これはいっぺんにできたわけではなくて、一七九八年、一八〇二年の三回にわたってできています。そのあともいろいろありますが、現在われわれが見ることのできるのは一九六四年に出た『琉歌大観』（島袋盛敏著、沖縄タイムス社）とか『標音評釈琉歌全集』（島袋盛敏・翁長俊郎著、武蔵野書院、一九六八）などがあります。もちろん戦後のものです。基本的なテキストとしては『琉歌百控』が王朝時代にできていたわけです。

組踊はもっとあとになって、玉城朝薫がこしらえたのですが、オリジナルはもうないのです。写本がいくつか残っていて、いちばん古いのは羽地《はねじ》本の『組踊集』が一八三八年に書かれています。これは現在なくなってしまったのですが、その他に写本がいくつかあったのもなくなってしまった。ただし、昭和四年、一九二九年ですか、伊波普猷《いはふゆう》（一八七六－一九四七）という沖縄学の父とよばれている人が『校注琉球戯曲集』を、いまは滅びてしまった写本を忠実にひきうつして活字本にして出してくれているのです。ありがたいことにこういうものがあったので、後の研究が容易にできるわけです。

こういうものをテキストとして、研究することになるわけです。現物はそのまま残っていないにしても、それから流れてきたものによって現在まで伝わっている。以上のことを頭の中に入れておいて、つぎにそれぞれの作品について考えてみようと思います。

第四章　歌謡と古謡の区分

南島歌謡の地域的区分

琉球文学は歌謡性が強いといいましたが、その区分けの表をつくってみました。これは決定的なものとはいえない、かなりあやしげなところがありますが、自分のこころおぼえのようなものとして書いてみます。『鑑賞日本古典文学25 南島文学』(角川書店、一九七六)という手ごろな本が最近出ましたが、これを見れば専門の人が書いていてよくわかるのです。外間《ほかま》守善《しゅぜん》(一九二四-二〇一二)さんがこの本の中で分類をしていますが、ぼくはぼくなりに書いてみます。

歌謡というのは日本文学の中でひとつのジャンルとしてあるわけですけれども、南方的な性格が強いものは現在、南島歌謡といういい方がかなりいきわたっていますので、南島歌謡とします。これを分けて南島古謡と「そうでないもの」にします。南島古謡をさらに分けて、呪詞的性格の強いものと叙事的性格の強いもの、とちょっと曖昧ないい方で分けてみます。「そうでないもの」のほうは抒情的性格の強いものとなります。どちらかというと南島古謡は、だれが作ったかわからないし、主人公が神さまであったり集団であったりします。だれが、とか、私が、とかいうことではなくて、集団のしきたり、行事、物語などが展開されているようなものがある。「そうでないもの」のほうは、私が、という性格がだんだん強くなってくる。愛だとか恋だとかが出てくるものです。

そして沖縄の場合は抒情的性格の強いものの中心になるのは琉歌ですけれど、それでも読み人知らずというのが非常に多い。さきに言ったように、読む歌ではなくてうたう歌ですから、うたうために伴奏も必要です。踊りとか伴奏とかが入ると、そういうことのしやすい言葉が必要なわけで、うたったり踊ったりしているうちに、やりにくい言葉はどんどん変えてしまうわけです。個人でつくった琉歌はもちろん多いのですが、こうした事情があって読み人知らずのものが琉歌には非常に多い。

と、こう分類したものの、琉球弧のそれぞれのグループによってちがうわけですから、それをまた奄美、沖縄、宮古、八重山に分けて見たほうがいい。

奄美では呪詞的性格の強いものは、さきにいいましたが、オモリがあります。それからクチ、シマダテシンゴ、これは島建て神語という字をあててもいいんじゃないかと思います。これは呪詞的性格が強いか叙事的性格が強いか、ちょっとあやしくて、両方にまたがったようなところがある。だからもっと研究しないとわからない。

沖縄の呪詞的性格の強いものには、ミセセル、オタカベ、ティルクグチ（これは沖縄諸島の中の伊是名《イゼナ》という島だけのものです)、ティルル(久高《クダカ》島だけのもの)がある。

宮古には、フサ、タービ――奄美のオモリは別にまたタービェといいます。タービェ、タービ、オタカべなどはみんな同じ意味です。言葉の意味は同じで、「祟べ」という字をあてている人もいます。島によって発音はちがいます。ニーリというのもあります。

八重山のほうはカンフツ、ニガイフツがある。

叙事的性格の強いものは、奄美ではシマダテシンゴもそうじゃないかと思われるのですが、実はぼくはまだ十分これを読んでいないので、はっきりいえない。ほかにナガレウタ、八月踊りウタがある。

沖縄ではクェーナ、ウムイ、オモロがありますが、ウムイとオモロというのは大体性格が似ている。同じといっていいかもしれないが、地方でずっと伝承されてきたものをウムイといい、ウムイの中で王府によって『おもろさうし』に編纂されたものをオモロというわけです。ウムイとオモロをくらべて見ますと、やはりちがっているように思います。それは、王府で編纂するときに洗練されているんじゃないかという気がするのです。

宮古のほうでは、アーグ、クイチャー、八重山のほうはユングドゥ、アヨー、ジラバ、ユンタがある。八重山のほうの「アサドヤユンタ」というのはこのユンタと少しちがいますけれども。

抒情的なほうは、奄美ではシマウタ、島吹と書いたり島歌と書いたりします。沖縄では琉歌です。奄美のシマウタと琉歌とでは、音数律が八・八・八・六ですから、奄美ではそれがちょっと崩れたのもありますが、大体琉歌の影響を受けているのじゃないかと思います。宮古ではトーガニ、シュンカニ。ところで宮古の歌謡は他の島々とまた性格がちがうのじゃないかと思います。一応ほかの島々に合わせて分けてみましたけれども、宮古ではニーリもアーグもクイチャーもトーガニも、ある場合にはアーグというのです。アーグはアヤグ、綾語とあてるといいのではない

	南島歌謡		
	南島古謡		そうでないもの
	呪詞的性格の強いもの	叙事的性格の強いもの	抒情的性格の強いもの
奄美	オモリ(タープェ) クチ シマダテシンゴ	ナガレウタ 八月踊りウタ	シマウタ
沖縄	ミセセル オタカベ ティルクグチ(伊是名) ティルル(久高)	クェーナ ウムイ オモロ	琉歌
宮古	フサ タービ ニーリ	アーグ クイチャー	トーガニ シュンカニ
八重山	カンフツ ニガイフツ	ユングドゥ アヨー ジラバ ユンタ	節歌 (トゥバラマー スンカニ)

かと、何人かの学者が書いています。宮古では、フサ、タービというのが歌謡性が薄いもので、うたうといっても呪詞として神に捧げるものです。ニーリになるとだんだん歌謡性が強くなって、宮古では歌謡性の強いものを全部アーグといっているようです。ニーリのことはニーラーグ、ニーリのアーグという。ニーリというのは、沖縄でも奄美でもそうですけど、海のむこうに理想境があって、それをニライカナイといいます。ニラヤカナヤともいう。このニライのことをニーリというんです。それからただアーグというのがあり、これはナガアーグといういい方をしていることもあります。クイチャーアーグ、トーガニアーグという。アーグというのは言葉に思いをこめていて、綾のある言葉という意味あいがあるわけですから、宮古では歌謡性の強いうたを総称してアーグという。

八重山のほうで抒情的性格の強いものは、節歌《フシウタ》という。節ですね、歌曲がついているうたですから。節歌ではあるけれども、かなり独立性の強いものは、トゥバラマーとかスンカニといいます。こんなふうですね、琉球弧の歌謡を分類してみますと。

この中から主なもの、それぞれの地域で一つぐらいずつとりあげて鑑賞してみましょう。

オモリ

まず奄美のオモリを紹介します。奄美にはノロという民間信仰の司祭者がいて、口伝えでひきついできた。ウィーン大学日本学研究所の大学院の学生が、それをいくつか採集したと、前に話しましたが、ヨーゼフ・クライナーという人です。そのひとつに、ノロのまつりでウムケというまつりがある。お迎えですね、海のむこうのニライカナイから神さまがくるのをお迎えするまつりです。そのウムケのオモリというのがある。これを採集したヨーゼフ・クライナーはウィーンの日本学研究所の教授になっています。[1] 表記という点では外国人ですから耳から聞いたままを片仮名で書いています。その限りでは資料としては信憑性が高いかもしれない。まあ、方言というのは片仮名では書けませんけれども、それに近い片仮名をあてて書いているわけですね。ところが文学ということになると、これではちょっと文学性が薄いわけです。しかし、オモリというのはもともと文学性が少ない、呪詞的な性格をもったまじないごとの要素が強いものです。まず書いてみましょう。

ウムケのオモリ

ギライガナシ　ミズエムリワカバ
キュウヌミズヤ　イッチミズネ
シノーチ
イッチュ　タヌシガス　シチュタヌシガス
シマネネヌ　イッチュヤ

インクハサカケテ
インジャシキ　トトテ
カミマーチ　ミヤリキー

これで三分の一ぐらいです。

ミマーチヤ　ミヤリキー
ヨネヌ　ウレデミヤ
カナグトキナレバ
アガヨアラボレタガ
タジマタビ　ノボテ
ニホンタビ　ノボテ
アゲヨ　アラボレタガ
タジマタビ　ノボテ
テルコラヌ　カタレスロウ
キチロラヌ　カタレスロウ
アガヨ　アラボレタガ

イチオモテ　キキトメリヨ
コレマテヤ　ミッツキミキリヤアイダ
シチミズネ　シナーチ
テルコカミヤ
オボツカミヤ
ネリヤカミ
アイチマテアソボ
インナ　コユルサキヤ
テルコカミヤ　テルコハチムドラチ
オボツカミヤ　オボツダキカキラダキムドラチ

こんな具合です。とにかくこういうものだということをわかってもらえばいいんですけれども、対語・対句が多い。それを重ねて、まあ、同じことを、たとえば「ニライカナイ　オボツカグラ」というような、「テルコラヌカタレスロウ　キチロラヌカタレスロウ」というようなぐあいです。「テルコ、キチロ」というのも同じことを言うのですね。こうして対語・対句を畳みかけて、だんだん願いごとを展開していく。

これが南島の呪詞的な歌謡といっていいか、歌といっていいか、呪詞ですね、その基本的なかたちのようです。奄美だけではなくて、沖縄もみんなそんなふうになっています。しかし、完全に歌謡になっているというのではなくて、調子をつけてゆっくり読むようにして唱えるようです。ですから完全な歌謡が持っているような、はっきりした節がついてうたうというものじゃない。歌謡性は非常に少ないですけど、まじないの言葉ですから、それを語っているうちに陶酔状態になって、身ぶりが出てきたり、少し踊ったりするようなことがあるようです。

ミセセル

沖縄のミセセルを見てみますと、前にも言ったヤラザ杜城《モリグスク》の碑文の中にミセセルが記録されています。一五五四年のものです。信長のころの時代。石碑の碑文で、ヤラザという場所に城のようなものを王さまが築いた。それには願いがこもっているわけです。城砦を築いたときに、そこでおまつりをした。そのいきさつを碑文に書いてある。

りうきう国　ちうさん王
尚清、てにつきわうにせのあんしおそいかなしのみ御み事　云々

（ジ・ガ・オン・ゴト）

という文章が、碑文の前文としてあります。大体、琉球王国での文章、文字というものは、本

土のほうの文字を利用しているわけです。平仮名が主で、ところどころに漢字が入っている。ほぼ、平仮名が多い。

「琉球《りゅうきゅう》国中山《ちゅうざん》王」というのは、十三、四世紀に沖縄本島では三つの王国ができた。北山王国、中山王国と南山王国です。それが中山によって統一されて、琉球王国になった。王さまの称号としては統一してからも中山王国といっていたようです。尚清《しょうせい》というのが王さまの名まえで、第一尚氏、第二尚氏で王朝がちがうんですけれども、どっちも尚氏で、第一尚氏の最初の王さまが三山を統一して、四、五人がその後を継ぎましたが、第二尚氏が興ってその三代目の王さまが尚真《しょうしん》といって五十年ばかり治世がつづいた。その間に琉球王国の中央集権を完成したり、東南アジアにおける貿易が最も盛んであった。『おもろさうし』の編纂なども計画したのは尚真王です。それに琉球弧のほかの島々も服属したのはこのときです。いちばんいろんなことをやったのがこの王さまです。その子どもで、第二尚氏の四代目が尚清王です。「てにつきわうにせのあんしおそいがなし」というのは、尚清のことなんです。それぞれ意味がありますけれども。

これは琉球語の表記なんですけれども、発音通りではない。表記上の約束みたいなものがあって、きまりとして確立されているわけではないですが、長い間の習慣として表記する場合の大体の約束ごとができている。たとえば『おもろさうし』ですが、オモロと表記していますけれども、沖縄の人たちはオモロとはいわない。いま研究者はみなオモロといっていますが、昔はオモロといわないで、発音するときにはウムルといった。沖縄の人たちには「オモロ」と書いてこれは

「ウムル」だという了解があるわけです。その間に表記する際の約束事みたいなものがあって、『おもろさうし』の表記を研究すると、それがどういう傾きをもっているかがわかるわけです。『おもろさうし』だけにとどまらないで、琉歌とか組踊の表記の場合にも、それがずっと援用されている。

その約束事は、このヤラザ杜城の碑文の中でも芽が出ています。『おもろさうし』よりもずっと前の話ですがね。この時期に沖縄の人たちには自分の言葉を表記するとき、こんなふうにするんだという了解が出てきつつあったと考えられます。なぜ発音通りに書かないで、少しちがったふうに書いたかというと、これは本土の方言とのかかわりです。本土方言、つまり日本の国語とのかかわりで、ウムルをオモロと書くのは、ヤマト風といってもいいですね。琉球方言をヤマト風に表記するという了解が、この時代から出てきているといえると思います。

「み御《オン》み事」の「み事」というのは、みことのり、王さまの言葉の意味で、その上に丁寧に「御《オン》」をつけて、さらにまた丁寧に「み」をつける。ちょうど「つけ」といえばいいのに「お」と「み」をつけて「おみおつけ」というたぐいに似ているんじゃないかと思います。

そのあとは、

くにのようし《ジ》　とまりのかくこ《ゴ》の

と濁音はつけていませんが、みんな濁音ははぶいている。これは国語のほうでも、文章表現をかなで書くと濁音はありませんね。「……スヘシ」と書いて読むときには「スベシ」と読むように。この「ヤラザ杜城碑文」の中でも、もとは濁音をみな抜いて書いてあります。

くにのようじ　とまりのかくごのために　やらざもりのそとに　ぐすくつませておかて
くにくにのあんじべ　みはんのさとぬしへ　げらへあくかけてかみしも……

いろいろな階級の人たちへ呼びかけて言っているわけです。按司《あんじ》という大名みたいな者や里主《さとぬし》とかに、

かみしもちはれそろてからめちへ　ぐすくくつみつけて　みおやしちやれば　嘉靖三十三年みずのとうし五月四日つちのとのとりの日にけりきこゑ大ぎみきみぎみのおれめしよわちへ　もうはらいめしよわちやるみせせるに

という前文があって、そのあとにミセセルと称するものが、こんなふうに書いてあります。嘉靖三十三年（一五五四）というのは、明の年号です。琉球王国では明の年号を用いていた。

やらさ《ザ》もり　やへさ《ザ》もり
いしらこ《ゴ》は　ましらこ《ゴ》は
おりあけ《ゲ》わちへ　つみあけ《ゲ》わちへ
みしまよねん　おくのよねん
世そうもり　国のまてや
け《ゲ》らへわちへ　このみよわちへ
た《ダ》しきやくき《ギ》　ついさしよわちへ　あさかか《ガ》ね　とと《ド》めわちへ
まうはらて　みよはらて
てて　いのりめしよわちやる　（以下略）

これがいわゆるミセセルで、呪詞的な呪禱文学という人もいますけれど、読んでみますとさすが王朝のある沖縄本島だけあります。奄美のオモリはかたちがくずれているし、永い間くち伝えでいるあいだに耳でおかしなふうに聞いて、またおかしなままに次に伝えますから、意味がわからなくなっているところがたくさんあります。その間にまた現代語が入ってきたりしてくるようなぐあいです。しかし、これは古い十六世紀の頃のままですから、かたちは非常にととのっております。対語・対句できちっと畳みかけているわけです。「やらさ《ザ》もり　やへさ《ザ》もり」でしょう、「いしらこ《ゴ》は　ましらこ《ゴ》は」でしょう、「おりあけ《ゲ》わちへ　つみあけ《ゲ》わちへ」でしょう、「みしま

よねん　おくのよねん」と以下さいごまで対語・対句になっている。呪詞的な、歌になる前の、文学の最初のかたちのものですね。

これは南島で一般的な性格ですけれども、南島だけではなくて本土のほうにも祝詞《のりと》・寿詞《よごと》というのがあります。この本土の「よごと」（寿詞）とこっちでいう「ユングドゥ」（誦言）はことばとしては似ているんですが、意味はまたちょっと変わってきます。それでも、何かこの似たかたちのものが対応していますね。祝詞・寿詞は日本文学史の古いところを見るとすぐ出てきますが、「高天原《タカマガハラ》に神しずまりまします……」とあります。その中にも、対語・対句を重ねているのがありますね。その点では南島も本土も似た発想が古い時代にあったと言えるんじゃないでしょうか。「やらざもり」は杜の名です。小高い岡です。それに対して「やへさもり」の「やへざ」などというところはないのです。対句で同じことを言っているだけなんです。「いしらこ《ゴ》は」に対して「ましらこ《ゴ》は」と対句を付けても、要するに「いし」を言いたいだけなんですね。「ムカシケサシ」と沖縄のほうで言いますが、これはどっちも「昔」ということなんです。だけど、「ケサシ」のほうはあまり意味がない。「ケサシ」だけ使っても「昔」という意味はありますが、「ムカシケサシ」と同じことをちがった言い方で言って、対句を畳みかけていくような調子でもって、何かを思いをこめて願っていく。そういうかたちがある。「おりあけ《ゲ》わちへ　つみあけ《ゲ》わちへ」は、つまりヤラザ杜に石をつみあげて城壁をつくる、ということなんです。「みしまよねん　おくのよねん」の「おくの」というのは「国」で、「みしま」というのは「三つの島」です。王城のある首里は、区域が三つある。三平等《ミヒラ》といいまして、三つのヒラがある。「しま」というのは奄美でも沖縄でも部落をいいます。海にかこまれたところだけではなくて、ムラ、自分の生まれたところを「しま」という。本土のほうでもヤクザなどは「シマ」といいますね。「みしま」というのは、だから首里のことです。首里というのは王さまのいるところですから、「みしま」も「おくに」も同じで、「よねん」というのは「……において」の意味ですから、「王さまのいる首里」という意味ですね。

「世そうもり　国のまてや」は「世そう」は「襲う」で沖縄ではよく使いますが、「支配する」の意です。だから「島添《シマソエ》」「浦添《ウラソエ》」などは昔の王さまのいたところで、「シマを治める」「浦を治める」ということです。「世そう」で「世を治める」ですね。「国のまてや」の「まて」は「真手」の字をあてて砲塁のことをいうのだそうです。

　要するに、ヤラザ杜に石を積んで、国の要害として砲塁をつくった。そして「わちへ」というのは、今の言葉で言えば「ワチェー」ということになるんですが。「た《ダ》しきやき《ギ》」というのは木の名まえで、「だしきゃ」という人蔘木とかソボクとかいうのがあるんだそうです。「ついさしよわちへ」というのは、「突き刺し」ですね、いまの沖縄の言葉でいえば「ついさちようて」ということです。この木は魔よけです。魔性のものが寄ってこないように「だしきゃ」の木の固い茎のようなところを刺して、「あさかか《が》ね」というのは、草、魔よけになるような草の名前なんです。「がね」とは「ススキ」だそうです。そういうのをそこに刺して、「まうちて」の「まう」

は「毛」の字をあてますが、野原のこと。「毛あしび」というと若い男女が野原に出て遊ぶことをいいますが、その「まう」を払って、お払いして、云々という祈りの言葉です。これがミセセルで、こういうものがいくつかあるわけです。かなり古く十六世紀に石碑の中に記録されたものもあれば、その後に編集された書物の中に収録されているものもある。

そういう記載された文献、碑文などを見ることによって、ミセセルとはこんなものであると、わかるわけです。それは沖縄周辺だけにとどまらず、奄美、宮古、八重山のほうのそれに似た性格の呪詞的なものとも似ているし、基本的には似た構造を持っているし、本土のほうのものとも全く無縁のものでもない。これを読んでいても、すぐにはどっちもよくわからないのですが、国文学の古いものでもいきなり読んだって何のことかわからない。そういう意味合いでいえば、何も知らない人に本土の祝詞《のりと》・寿詞《よごと》だとか、それと南島のものをまぜあわせて一緒に見せた場合、そんなにちがったものじゃない、と感じるにちがいないわけですね。それが沖縄のミセセルです。

ユングドゥ

宮古のニーリというのを紹介したいのですが、ちょっと長いので、八重山のユングドゥのほうを先に話します。

ユングドゥは呪詞的性格が強いものだと外間教授なども分類しておりますけれども、読んでみると、かなりそういうマジックの言葉だけじゃなくて、叙事的性格の内容のものが入りこんでいます。どうもこれは呪詞的な性格のものが、叙事的な性格の歌謡に移ってゆく、その中途のものじゃないかと考えられるわけです。

八重山では、それを祈りのような調子で語るらしいのですが、読んでみるとかなり文学度が高いというか、文学的な性格が入りこんでいる歌謡になっている。それをひとつ紹介しましょう。いまから五年ほど前、一九七一年に三一書房から『日本庶民生活史料集成』が出て、その十九巻に『南島古謡』という一冊があります。何回もいうように、文献がしっかりしたものが少ないことに古謡的なものは記載されておらず、ただ民間に伝わっているのですから、バラバラになって収録されていた。それを外間守善さんが大変な苦労をして編纂しているわけです。ぼくが奄美の名瀬《ナゼ》の図書館に勤めているときに、彼がやってきていろいろ採集していった。そうして一冊の本に集めたので、かなり便利になりました。

この中にユングドゥがあります。ユングドゥには「誦言」の字をあてます。「さきだぬざんかみ」というものがあり、ぼくが読んだ文献ではその名前で出ていたんですが、この本では「ざんがみや誦言《ユングドウ》」と書いてあります。うたって口伝えで伝わってきたのですから、収集した人によってちがうわけです。でも大筋は同じものです。

「ざんがみ」は儒艮《じゆごん》という、人魚というか、哺乳動物で海を泳いでいる、アザラシみたいな、クジラみたいな、その合の子みたいで、馬のようなところもある（笑い）。よくわからないですね。

奄美や沖縄の人はザンノイオといってます。魚の図鑑などを見ると、そのままザンノイオと出ていたりします。「かみ」というのは亀、ザンのカメということですが、本当の亀ではありません。クジラのようなアザラシのような、わけのわからないかたちのものですから、そういっているのです。

ぼくが奄美にいるときにも、そのザンノイオが笠利というところにあがったというので、見に行こうと思っていたら、もう喰っちゃった（笑い）。見られなかったですけれど、ときどきあがる。このユングドゥは、ちょっと面白い。表記も統一されていませんけれども、集めた人が書いたままに書きます。

ざんがみや誦言
崎枝《サキガ》ぬ　東《アン》たぬ
名蔵《ナグラ》ぬ　西《イン》たんが
ざんがみ　やまぬ
ゆりうんどぅ
聴《スク》だる耳《ミン》や
ぱらなー
足《パン》ぬぱり

走《バ》ったる足《バン》や　取《トゥ》らなー
手《ティー》ぬ取《トゥ》り
取《トゥ》ったる手《ティー》や
食《フア》はなー
口《フチ》ぬ食《フア》い
食《ホ》うだる口《フチ》や
すんぐらるなー
なーにぬすんぐられー
すんぐらりだなーねー
泣《ナカ》な口《フチ》ぬ泣《ナ》き
目《ミー》とぅ　鼻《ハナ》とぅ
すぶっとぅなったゆ
しぃさり

これは崎枝《サキガ》というところの東、東《ひがし》のことをアガリといいますから、早くつまってアン。名蔵のイリというのは西《にし》です。北《きた》はニシというし、南《みなみ》はフエです。崎枝の東、名蔵の西に、ザンガミが寄ってくる。「ゆりうんどぅ」というのは寄ってくる、寄りものです。与論島に遊びに行った人は、「ゆりが浜」（百合ヶ浜）というのがあるのを知っているでしょうが、「寄るが浜」ですね。与論《ヨロン》の「ヨロ」というのもいろんなものが「寄る《ユ》」、「寄る島」がもとの意味のようです。「聴《スク》だる耳《ミン》や」は、耳はきいた、つまり、ざんかみが寄ってきたとみんなが叫んでいることを耳は聞いた。「ぱらなー」は走らない。耳に聞いたけれども耳は走らない。走ることを「ハル」といいます、「船が走《ハ》る」とかね。汗が流れることを「汗が走《ハ》りゅん」といいます。なんでも動いていることを「ハル」といいます。それが八重山のほうに行きますと、「パル」ともっと古いかたちになります。で、走ったのは足だ、「足《パン》ぬぱり」ですね。聞いた耳は走らないで、走ったのは足だ。走った足は取らない。「足《パン》」は足《あし》ですが、ハギ（脛）ですね、ハギがパギになってパギがパンになっているわけです。走った足は取らないで、取ったのは手《ティー》だ、とこうなっている。取った手は食わない。口が食った。たべた口は「すんぐらるなー」、これは、なぐられずにです。「なーにぬすんぐられー」の「なー」というのは背中です。「長嶺《ナガネ》」と奄美でも背中のことをいいますが、背中がなぐられた。なぐられた背中は泣かないで、口が泣いた。目と耳と「すぶっとぅなったゆ」は、ぐちゃぐちゃになった、と。「しぃさり」は、そんなふうだ、ということです。

　これは神事《カミゴト》の句にするんですけれども、非常に文学的ですね。つまり、いろいろする人は実際に効果はもたないで、ちがった人が効果をあげる。耳は聴いたけれども走らない、走ったのは足だ、足が走ったけれども取ったのは手だ、手は取ったけれども、たべたのは口だ。たべた口はなぐられないで、背中がなぐられた、というふうなことで、何か非常にきびしい批評のようでもあるわけですね。政治的な批評もふくめて、歌いこんであるのではないかと思います。これが八重山のユングドゥです。

ヤラザ杜城のミセセル風に記録されているものと、そうではなくて伝承されているものを最近になって採集して書かれたものとは、様子がちがうことは、わかってもらえたものと思います。つまり、ヤラザ杜城の碑文に書いてあるミセセルの表記というものは発音通りではない。表記する上で、或る工夫がなされているわけです。こんなふうに書きたい、という強い意志があって、でも口でしゃべる通りには書かれていない。ところが、八重山のユングドゥだとか、奄美のオモリだとかは、耳できいてなるべくそれに近いような字をあててそのままあらわそうとしている。そこがちがうわけです。

琉球文学研究の対象とするものとしては、発音通りではないけれども、表記しようという意志がはたらいて、書かれていたもののほうに、より文学的な味わいがあるんじゃないかという気がします。

ニーリ

宮古主島があってその周辺にいろいろ島がある、それを宮古諸島といいますが、その宮古における呪詞的性格の歌謡はニーリ、もしくはニーラーグといいます。ニーラーグというのは、ニーリのアーグということですが、宮古では呪詞的な性格が同じく強いものの、どうも他の島々とくらべると様子がちがうということができます。宮古という島じたいが、琉球弧の中ではかなり特殊な、他にくらべて際立った性格を持った島です。少し野性的な島ですね。

ぼくは奄美に長いことといたのですが、奄美では奄美大島の次に徳之島、沖永良部、与論とならぶ島々があって沖縄がその先にある。沖縄本島からみると、その次には宮古島があって、それから石垣・八重山の主島です、それがあって、先に与那国がある。面白いぐあいに全体が弧状になっているんですが、それぞれの島を見ると、南のほうがふくらんでいて、北のほうが細い。そして大陸のほうに湾曲している。

で、奄美のグループと沖縄県のほうと、人為的にも与論と沖縄本島の間に境界もできている。奄美のほうは早い時期に薩摩藩直轄になるし、明治以降は鹿児島県になる。人為的にここに境界ができたのだけれど、これをよく見ると構成がよく似ている感じがします。沖縄のほうのグループを考えると、本島の南に宮古があって、その南に二番目ぐらいに大きい石垣があり、その先に与那国がありますが、本島からひとつとんでその南、沖縄でいえば石垣・八重山です。奄美でいえば永良部のほうが、島の人たちのきもちがやさしいということがいえます。優しいから、エネルギーの点では少しボルテージが落ちる。本島のすぐ次の、奄美でいえば徳之島、沖縄でいえば宮古は、気性が荒い。野性的で、悪口をいえばいろんなことをいうわけです。沖縄でいえば石垣・八重山のほうは、歌の島ということをいう。奄美でいうと永良部は、やさしい。良い教師になる人がたくさん出る。「永良部ユリの花」なんていう民謡がありますね。気性の穏やかな、景色なんかもおだやかな島です。ところが徳之島というのは気性が荒い。喧嘩っ早いし、闘牛もいちばん盛んです。名瀬の町あたりで肉屋さんをする人は徳之島の人が多いといわれます。武の島というか、猛々しい島。沖縄のグループでも宮古の人のことをナークンチュといいますが、沖縄の人はナークンチュというと、ある意味ではバカにしている。だが実際に那覇に出て商売をしたり、成功しているような人には宮古の人が非常に多い。バイタリティがあるんですね。だけど歌とかそういう文学的なほうはダメなんだという一般的な評価が今までありました。徳之島もそうなんです。非常にその位置がよく似ていますね。場所がね。また、奄美グループでは与論、沖縄のほうは与那国というでしょう。いちばんはじっこの島です。どうもこの「与《ヨ》」というのには、さっきいいました「寄《ユ》る」という、「寄りもののある島」という感じ、いちばん南の島ですから、形としても小さい、なにかこう似たような、性質がありますね。どうしてこうなったのかわかりませんが。

　徳之島にしても、そんなぐあいで、いい歌なんかそこにはないんだ、といままで考えられてきたわけです。ところが最近いろいろ研究者が入りこんで探して、徳之島や宮古にはそういうものがないと思っていたらとんでもないことがわかった。たくさんある。土着的な個性のある歌です。徳之島からもどんどん、発掘じゃない、今にまであるものです、それがわかってきた。奄美でいえば徳之島の歌というのはダメだ、永良部のほうがいい歌がたくさんあると考えられてきたのが、むしろ徳之島の歌を除外したら奄美全体の歌がわからなくなる、というぐらいいろんなものがたくさん出てきた。

宮古もそうです。ナークンチュといったら気性が荒くて、喧嘩っ早い連中ばかりで、いい歌はあそこにはない、八重山こそ歌の島だといわれてきたんですけれども、八重山にはたしかに歌はありますが沖縄本島の影響が非常に強いんですね。これは人間が少いところなので沖縄から移民に行ったということもありますし、むかしは首里から役人が八重山に行って、本島の文化をいろいろ植えつけた。すると八重山の人はどっちかというと反抗的ではない。従順な性格の人が多かったから、それを受け容れたわけです。その八重山の歌にはいい歌がたくさんありますけれども、本島の影響がかなり濃厚に入っているといわれています。そこへいくと宮古のほうは、なかなか本島のものを受け容れない、頑《かたくな》なものを持っている人たちが多かったせいですかね、まったく独特のものが宮古に残っているんですね。そのことが現在、だんだんわかってきた。

このニーリは宮古の歌です。狩俣《かりまた》という部落に、「狩俣祖神《ウヤガミ》のニーリ」というのがあって、一般に知られるようになってから新しい、そう古くはないんですが、非常に珍らしいものであることがわかったんです。全体で五つのグループに分かれて、それがずっと続いている話なんですが、二百四十二行にわたる長い歌です。そういうものはこの日本列島ではアイヌの「ユーカラ」ぐらいしかない。日本の文学にそういう叙事詩みたいなものはないといってもいい。「万葉集」をひろげてみても、叙事的な要素のものはないといってもいいぐらいで、ちょっとあってもそんなに長くはない。分解してみると叙事詩というより個人的な心情がうたいこまれているものになってしまうんだ、といわれているわけです。だから日本の文学にはヨーロッパあたりの最初の時期のように叙事的な長いうたはないんだ、といわれるのですけれども、この宮古島の「狩俣祖神のニーリ」は、二百四十二行だからかなり長いものですね。それにうたいこんでいるのが、神々の系譜みたいなものです。その子孫が、部落をだんだんなしていった。そのあいだには、ほかの部落と戦いをして周囲の村々とのいくさが起こる様子を語ったり、ということをうたいこんでいく。これは日本列島の文学、叙事詩的な文学を考えた場合に、ちょっとほかに例がない。ただ宮古の方言というのは、沖縄本島の方言とまた様子がちがって、方言の研究などもあまり進んでいないようなので理解が非常にしにくいんですが、そういうものが「狩俣祖神のニーリ」です。二百四十二行全部は書ききれませんから、大体の見当をつけるために少し書きます。これを集めた人は外間守善さんです。文学的表記というのじゃなくて、なるべくそのままに近い仮名表記と、ローマ字の二つで表記している。仮名表記を見ますと、

狩俣祖神のニーリ

1ティンヌ　アカブシャヨ
ティダナウワ　マヌすヨ
トゥントゥナギ　トゥユマ

2ティダヌウプーず　トゥユミャヨ
ウィナウワ　マヌすよ
トゥントゥナギ　トゥユマ

「マヌすヨ」の「す」をこんなふうに書いたのは、何か独特の発音をするので、書きようがないからこう書いた。三行目ははやし言葉です。一節ずつ何かをいい、はやし言葉が入るようにして、二百四十二行もつづくわけです。「ティンヌ　アカブシャヨ」は「天の赤星よ」、「ティダ」は太陽で、「ティダナウワ」で「太陽の子」、「マヌす」は「真主」です。「ウプ」というのは沖縄では「ウフ」といって、「大《だい》」です。「トゥユミャ」というのは「豊見親」の字をあてて、宮古のいちばん大きな支配者。按司《アジ》というのがあちこちの部落で力の強い人が出てくるのですが、たくさんの按司を家来にして、「按司の按司」になる人をいう。本島では「世《よ》の主《ヌシ》」という。それは琉球王になっていくんですが、宮古島ではそういうのを「トゥユミャー」というんです。

太陽の大按司、豊見親よ、天上の子・真主よ、白手山《シラテ》にいます主、国の森にいます主、山のふう知らずよ、あおすばぬ真主よ、とずうっとこう歌いあげていくわけです。そうして、神々の系譜、誰が何とかという子どもを生んで、その子どもがまた孫を生んで、というふうに展開していく。女の人が、酋長というか、卑弥乎みたいなかたちでいちばん偉い人になっているのですが、それが受けつがれていくうちに男になる。その男の人の業績、つまり周囲の村々とのいくさが起ころその様子を語る。そんなふうにずうっと長い物語詩、叙事詩がつづられている。ちょっと珍らしいものです。ほんとうはこういうものを実際にそれぞれの言葉などもしっかりと見きわめていくと面白いんでしょうが、そこまでぼくはできません。こういうものがあるということを紹介しておきます。これが「狩俣祖神のニーリ」というものです。他の島々のものにくらべれば、呪詞的な性格が強いものが多いのですが、このニーリははっきりと叙事的性格が強くて、長い調子になっていますね。だから宮古島のものはこの意味でも他の島々と様子がちがうといえるんじゃないかと思います。

最近いろんな方面から、宮古をもっとよく研究しなければいけないという気分が出ているようですので、ちょっと紹介しておきました。

叙事的性格の強いものになってきますと、その中でいちばん代表的なものはオモロです。オモロとはどういうものかを見ていきますが、その前に再度、少し琉球弧の歴史をながめてみたいと思います。

第五章　琉球弧の歴史

日本の歴史的転換期における東北と琉球弧

沖縄とか奄美を含めて琉球弧とよんだのですが、琉球弧の歴史は本土とちょっと様子がちがうことは前に述べた通りです。ところが全然本土と無関係に動いてきたかというと、そうじゃなくて、歴史の底のほうでは密接につながっているとしか思えない。いちばん手っとり早い手がかりになるのは言葉です。どうしても日本語としかいいようのない言葉を、どっちも話している。その間には大きな差、ちがいが出てきていますけれども。別個の道をたどりましたからね。しかし、どっちも日本語です。日本列島、ぼくの言葉であんまりいいたくないけどヤポネシアという長い共同体験を持つ場があったから、そうなのです。それは縄文時代が非常に長いですから、そのときではないだろうかと思います。その次の弥生時代は、稲作を生活の背景にするような生活文化を背負った人たちの時代です。南シナ、河南からそういう様式が新しく日本列島に入ってきた、人間も入ってきたでしょうし、生活様式も入ってきたのでしょう。日本列島が稲作の生活になっていく。そしてその文化を土台にして、倭《ワ》という国ができていく。最初はたくさんの国があったけれども、戦争しながらだんだんまとまってきて、最後には大和朝廷というものを中心とするところの日本国ができてくるわけです。それが弥生ですが、その前の縄文の時代に、ヤポネシアに長い間の共同体験の蓄積があって、ひとまとめにしてみてもいいようなものができてきたんじゃないかと言うよりしかたがないですね。そう考えていいと思います。そのうえで弥生式の生活が入ってきたときに、日本列島全部に急に波及したかというと、どうもそうではない。やっぱり、真ん中の辺が非常に濃厚です。九州から東北の入口である関東までが濃厚です。それ以外のところは、日本の歴史が展開していく過程において、だんだんとそこに入っていく。

東北のほうはエゾ征伐というかたちで制圧されて、大和朝廷にくっつけば、稲作の文化地帯になっていく。東北はあんなふうに、まったく北のほうに入りこんでいくので、もともと照葉樹林地帯ではない。ほかの日本列島の南のほうと様子がちがう。稲作が不適なところのはずです。ですから東北に稲作が入っていくテンポは非常に遅かった。たびたびエゾが抵抗したわけです。稲作の生活になっていくということは、大和朝廷のしくみの中に入っていくことになっていたのですね。いま東北においしい米ができたりしますけれども、それは非常に無理をして東北に米作りがはじまったのです。しかし、自然というのは正直ですから、或る期間を置いてものすごい寒冷がやってくる。そうすると稲なんかふっとんでしまう。それに対応する方法がないものだから大変なことになる。娘を売ったり、人を喰ったり、いろいろな記録に出てくるように冷害にたびたび襲われる。最近も米ができないというので大さわぎになっているようですね。

東北では米作りということに悩んで、稲作でない他の産業を興さなければならないのじゃないかと考えたりする人が出てきたりしていますね。宮沢賢治の童話を読むと、宮沢賢治は最も東北らしい東北というか、北上川の流域の生まれでしょう。あそこは「奥六郡」といって、「郡」というのは稲作文化を背負った和人が作っていた国家ですね、その国家体制として郡県制度があった。北上川の流域はなかなかその郡を設けることができなかった。つまり稲作の生活の体制の中に入りにくかったところですね。だから「奥」なんてくっつけた。六つの郡を置いたけれども、服属しない。そこにはエゾがいてときどき叛乱をおこす。そこの出ですからね、宮沢賢治は。だから稲作でも大変なところですね。ときどき旱魃《かんばつ》や冷害がやってくる。賢治の童話を見てますと、どういうふうにして稲作りをうまくやるかということを、一生懸命書いてます。「グスコーブドリの伝記」の中では、もう五度ぐらい温度が高いと、オリザの実がなる。オリザ・ヤポニカとかいうのは稲のことでしょう。なんとかして稔るようにするために、火山を爆発させて温度をちょっと高くして、東北全体にオリザが十分みのるようにしたい。ブドリという主人公がそのとき火山の爆発とともに死んでしまう、という話があります。その他の話を見ても、みな稲作をどうしたらいいか、と涙ぐましい話です。ところが、気候的にちょっと無理がある。オリザが十分生育するには無理な地方だというのが、東北の運命じゃないでしょうか。

南島のほうも、稲作が入ってきて定着するのは、本土にくらべて遅い。紀元前二〇〇年ぐらいから弥生時代だといわれて、弥生は稲作を背負っているわけですが、六世紀頃からぼつぼつ稲作が南島には入っていくのです。東北のほうはもっとそれが遅れた。しかし、根っこのところでは日本列島全体にしょっちゅう往き来があったと思うんですけれども、稲作というものが入ってきたことによって、日本列島のまん中だけがものすごく沸騰してしまったんじゃないか。そういうふうにしか、ぼくには考えられないんですがね。そういう目で、日本の歴史書なんか見ると、まん中だけで展開しているという気がしてしかたがない。やっぱり、もっと北の端、南の端もひっくるめて考える必要があるだろう。ペリーが軍艦をひきいて来たのも、浦賀に来ただけじゃなくて、那覇に来ていた。それも占領しようとまで計画していたわけです。最初の年は失敗して、猶予を一年間ほしいと日本の幕府がいうので、那覇にきて、そこでウロウロしながら翌年まで待った。香港かどこかまで行っているんですけれども、大島あたりまで測量したという民謡なんか残っているんです。そんなことで、南島まで視野をひろげておかないと、どうも近視眼的な見方になってしまうんじゃないかと思います。

ところで琉球弧ですが、東北とともに考えて、日本の歴史を見ると面白いことに気がついた。もちろんそういう事実は昔からあったんだけれども、そんなふうに気がついて見るということは今までなされていなかったんじゃないかと思う。なにかというと、日本の国が大きな歴史的転換を行うときに、まん中の日本の国の指導者たちは、北と南とが気になるということです。北というのは東北、エゾ。南というのは琉球弧、南島です。東北と南島がどうも気になってしかたがない。それでその大きな転換期のときには、なにか北と南に対して色目を使う、或いは釘を打っておく、というふうなかたちで展開しているんです。

それをいま箇条書にして挙げてみると、いちばん最初は、律令制度ができた時期だと思いますね。中国の制度を取り入れて、日本の国にそういう体制をしいたときは、非常に大きな激動期、一種の曲り角だった。そのときに中央の政府の指導者たちは、やっぱり北と南が気になった。北にはどうしたかというと、昔の歴史の本では、東北経営という。何かというと、蝦夷《エゾ》征伐です。阿倍比羅夫《あべのひらぶ》、坂上田村麻呂ですか、そういう将軍を遣わして、エゾを征伐する。蝦夷（エゾ、エミシ）というのは稲作の生活をしていない、狩猟採集の生活です。それじゃ困るんです、大和朝廷はね。やっぱり稲作地帯にして、稲作を基盤にした生活をするようなところにしておいて、そこに里とか郷とか郡とか国を置くということにしていきたいわけです。そのためには征伐して狩猟採集のエミシを農耕民にしなくちゃいけない。うまくいったところには柵を設けて、だんだん奥に入っていく。「奥六郡」なんていうのは、なかなか屈服しなかった。爾薩体《にさったい》とか糠部《ぬかのぶ》とかいう地名がありますけれども、最もその様子がわからなかったのは津軽ですね。そこは律令体制にはなかなか入ってこなかった。

とにかくそういう東北に対して、昔の歴史の言葉でいえば蝦夷《エゾ》征伐、東北経営をやったわけです。それと同時に、南島経営を律令体制のときにやった。南島経営の実態は蝦夷征伐ほど大規模なものではありませんけれども、『日本書紀』とか『続日本紀』というところに、南島人が大和朝廷に服属したというか、貢物をもってきたので、それぞれ御馳走して位をやったという記事が三十何か所か出てきます。そのときの南島人というのは、タネ人とかヤク人とかアマミ人、クメ人、イシガキ人とか、かなり南島の島々の名前があがっていますね。これが南島経営です。ぼくが昔、日本歴史を読んだとき、これは何のことかわからないみたいでした。いきなり南島経営というのが出てきて、南の人たちがやってきて、位をやって、としているんですね。その付近に何も出ていない。この背景には中国との関係があります。遣隋使・遣唐使といって中国に青年たちを送って、むこうの文化とか政治制度を研究して持ってこさせた。その船が行く道筋において、朝鮮との歴史的な事情が問題になるわけです。朝鮮とうまくいっているときには、朝鮮の沿岸づたいに中国に行くけれども、うまくいかないと通れませんから、東支那海をまっすぐ突っ切るか、南島づたいにきてどこかですっと行くか、ですね。南島づたいに行くのを南路と言った。律令体制ができあがっていくなかで遣唐使などがどんどん行きますが、南路をえらぶようになってから律令体制を動かしていく人たちに、南島がよけい大きく見えてきたにちがいないと思います。『日本書紀』にでしたか、南島のそれぞれの島に木の標柱を立てさせて、島の名前、隣りの島の方向とか、水や薪の有無などを書け、と命令していますね。これが、石に刻むようなことをさせていれば、或いは現在、奄美か沖縄の島のどこからか出てくるかもしれないけれど、木に書かせていますから、まったく朽ち滅びて、見ることはできません。

そんな具合に南島経営に関心が出てきた。これが律令体制のできるときのことです。

その次は、源頼朝の武家政治じゃないでしょうか。つまり今度はその律令体制がまったく崩れてしまうというか、崩れの中でだんだん武士というものができて、武士がまったく政治をとったのが頼朝ですから。日本の国の歴史を考えると、頼朝の武家政治というのは、非常に大きな転換期であるといっていい。その少し前から、頼朝のところに焦点を絞ってみると、やっぱり北と南とにきもちを向けています。

北はどうかというと、藤原三代を亡ぼした。平泉の藤原氏です。ミイラが中尊寺に現在でも残っています。頼朝の弟の義経が逃げこんだりしましたが、それは口実であって、実際は東北が気になってしかたがなかった。それで平泉の藤原三代あるいは四代を亡ぼすことによって、東北を頼朝は手中に収めたわけです。藤原というのは、京都の公家さんの苗字を名のって、その子孫だとは言っていますけれども、この藤原は蝦夷《エミシ》ですね。やっぱり奥六郡から出てきたんですよ。奥六郡には、藤原氏より前に、悪路王などといわれている蝦夷の酋長がかなり大きな抵抗をしました。阿弖流為《アテルイ》なんていう人がいるでしょう。蝦夷《エミシ》の指導者ですね、その後に安倍一族がかなり勢力を張ったときに頼朝の先祖たちは、前九年の役という東北征伐、蝦夷征伐をやっているわけです。その後に清原氏が、やっぱり奥六郡から出てきています。アテルイ、安倍、清原とかの地盤をひきつぐかたちで平泉の藤原氏が東北全域を手中にしたわけですね。その奥六郡から、宮沢賢治が出てきたり、石川啄木が出てくる。

藤原氏を滅ぼすことによって、東北地方がはじめて日本列島の中央政府の手中に入ったと言っていいんじゃないでしょうか。そのとき頼朝の家来たちが、東北にずうっと移住した。それぞれの地域の、のちに大名になる人たちが、みな関東から行ったわけです。それまで東北は、蝦夷《エミシ》の系統の有力者が支配していた。そういう状況があります。これが北の話。

南にはどんなふうに気をつかったかというと、あまり大きく取り上げられていませんが、最近そのことを一生懸命研究しているような歴史家がいて、このあいだそういう人の研究発表を聞いて、ハタと膝を叩くようなことがありました。やっぱりやっているんです。その人は、南島ナントカと言ってましたね。頼朝の御家人、天野遠景による貴海（現在の喜界島かと思いますが、はっきりしません）征伐です。頼朝は北の藤原氏に対しては自分が出かけていってまでもそれを滅ぼす。と同時に、南に対しては、信頼している御家人の天野遠景を遣わして――天野遠景というのは鎮西奉行か何かで九州を支配させていた、その人を南島までやっている。平家を追討するという名目をしてますけれども、とにかく南島にイロメをつかって、抑えるか何かをするので、これが貴海征伐ですね。この詳しいことはよくわからないんですけれども、研究している歴史家も出てきていますから、だんだんいろんなことが調べられてくるにちがいないですね。南島史学会というのがあって、二、三年前、沖縄の那覇市で開かれたことがあるんです。ぼくは奄美におりましたから行って聞いたんですが、そこでそういう発表がありました。頼朝の武家政治のときに北と南に対して、やはり或る意志をはたらかせた、ということになるわけです。

それから何といっても明治維新のときです。北のほうは戊辰の役で、東北征伐ですね。どういうわけか、日本の歴史は西のほうから動いていくんですね。神代を書きわけていくときも西のほうからでしたし、神武東征なんていう伝説的な朝廷をひらくときの話も、九州から移っていく。卑弥乎の邪馬台国はどこだというのも、九州か近畿地方かという。こんどの明治維新も九州あたりに原点があって、情勢が移ってゆく。そういうときに、いちばん対応できないのが東北ですね。新しい政府ができたときに、いちばん邪魔になってしょうがないのが東北ですから、東北征伐をやった。そのために、近代日本のなかで東北人は非常に出足が遅れたといわれます。それが戊辰の役の問題で、南のほうではどういうことが行われたかというと、琉球処分。

琉球王朝を薩摩藩がガッチリ押さえて、カゲにまわっていろんなことをやっているから、キチンとかたちを決めねばならなくなった。そうすると、琉球は中国に朝貢していたわけですから、琉球は日本か中国か、ということになる。琉球という王国は中国からいちばん可愛がられたようなかたちですね。実際に、中国が琉球に入ってきて行政にまで嘴を入れたということはないんです。ただ外交と貿易関係だけの利害しかないんだけれども、一応は朝貢国ということになっていますから、琉球をどうするかというときに、日本につくか中国につくか、或いはまん中に置いて宮古・八重山のほうは中国に、北の奄美・沖縄は日本につくことにしたらどうだ、という意見が出たりしていろいろもめた。

　こういうときに琉球処分という政治的な処置が行われて、沖縄県ができた。まあ、そのなかにはいろんな問題がふくまれておりますから、いまの沖縄の人たちからはこの琉球処分に関してはいろいろな批判があるわけです。なんというか、琉球処分に対するいろんなものを、沖縄の人は持っている。だから今度の復帰のときも、第三の琉球処分じゃないかという言い方が出てきた。そういうことがあります。

　非常に大きなところでつかまえてみても、真中のほうでは北と南に目くばりをしているということが感じられます。ですから、歴史の上でまるきりちがった経過をたどったという気がすると同時に、そうでない、日本列島がひとつの運命共同体みたいなことになっていて、なんとかまとめようとする場合には、北と南とに或るゼスチュアをうっておかないとうまくまとまらないんじゃないかという気がします。

　大雑把に南と北の両方への目くばりを見ながら、日本列島の歴史の動きを見てきました。では琉球弧自体はどんな歴史をたどったか、を頭に入れておかないと、琉球文学というものにもうひとつ理解が届かないんじゃないかという気がするので、いまから少し、琉球弧の歴史を見てみましょう。

琉球の源為朝伝説

沖縄に稲作農耕が入った、そういう生活が開始したのは、八世紀から九世紀ごろだという意見を出している人がいます。ぼくは七世紀ごろといいましたが、そうするともっと遅れたわけです。それ以前はどうなっているかといいますと、前にもいいましたが、沖縄の歴史は本土の歴史とくらべて千年ぐらいズレがある。遅れているといえるかどうかわかりませんけれども、本土が展開してきた具合ではなくて、展開をはじめたあたりが千年ぐらいあとになるんですね。これは南島の持っている特色だろうと思います。南島経営の頃、律令体制が本土で根づいてくる頃に、文献では南島が現われてくる。その頃の南島の様子というのは、実際によくわからない。史料もありませんし、考古学的な発掘の調査がだんだん拡がって深まりを見せてきましたけれども、本土のようには行き渡った調査は行われていませんから、そっちのほうからの究明というものもいろいろ手薄があるんじゃないか。だからまだ、いろんなことがよくわからないというのが、正直なところじゃないかと思います。

「沖縄史のたしかな手ざわり」という言い方でいう人がいますが、それがはじまったのは十二〜三世紀ごろじゃないか、といいます。そのころ、一一八七年に舜天《しゅんてん》（一一六六‐一二三七）が琉球の王になったという伝説がある。わりにいろんな伝承があるなかで、個人の名前としてはそれ以前にないこともないですが、この舜天あたりが手はじめになるわけです。舜天というのは、源為朝の子どもといわれております。それが王さまになった。ところが王さまになったとはいいますが、まだそのころは沖縄本島でさえ、政治的な統一はされていないのですから、或る地方の王さまといっていいですね。のちに中山王国となるあたり。浦添という、昔から名前の知られたあたり（浦襲いというのがもとのことばのようです。浦を治めるという人のいるところだからウラソエという）で、その頃は沖縄だけではなくて南島一帯がそうですが、現在の村《ソン》ぐらいの単位で、按司《アジ》と称する有力者が出てきた。按司が勢力を築いていく過程では、鉄器が必要だ、鉄器をうまく手に入れた人が強くなって按司になっていくなどといろいろいわれるのですが、沖縄に鉄が入ったのは非常に遅れていたのです。按司が出てくるのはそれ以前ですけれども、鉄が入ってくると、鉄をうまく使いこなすことのできた按司が強くなっていった。

按司のなかの按司といわれる人が「世《よ》の主《ヌシ》」というふうにいわれます。世の主になっていく人が他の按司を治めて、その上に立つというかたちになる。この舜天という人は沖縄本島のまん中あたりの世の主じゃないかと、歴史家は言っております。源為朝がどうしてそんなところへ行ったかというと、為朝は伊豆の大島で殺されてしまうんだけれども、実はそうじゃなくて脱出して、奄美大島を経過し、そこで実久三次郎という子どもが生まれたという伝説が奄美の加計呂麻島にあります。そこから沖縄に渡って、沖縄でまた子どもが生まれて、それが舜天になった、為朝自身はまた本土のほうに帰った、そんな具合ですね。喜界島にも行ったという伝説がある。

なぜ為朝が南島のほうに、そんなふうに行ったとされているか。それは平家が中央で権力を失ってしまい、九州のほうに逃げてきたからです。清盛一統の平家が逃げてくるだけではなくて、それ以前から日本の全国あちこちに、律令体制が崩れて荘園ができたわけですが、荘園はたいてい中央の貴族がもっていた。ただ、もっているだけで、実際にその土地にいて荘園を治めるのは武士です。律令体制の崩れのなかから出てきた武士。その武士が九州の荘園などを治めるのにもあたったわけです。その武士にも中央から行った連中がかなりいた。九州にはたくさん平家の一党が行っていた。これを鎮西《ちんぜい》平氏といいます。

鎮西平氏のなかに阿多氏というのが薩摩半島にいたんですけど、いろんな行き違いがあって、本家の京都の平氏から追われる身になり、南島流竄《るざん》といってやっぱり南島に人を引き連れて逃げていった。この阿多の一族は、まだ少年の為朝が九州に来たとき、娘婿にしています。だから鎮西為朝という。九州を治める役所に、鎮西府というのがあってこういいます。そういう関係で、為朝は九州に縁がある。九州に勢力を張っていた鎮西平氏たちは、いろんなかたちで南島に行っている。逃げている人もいるし、そうでないかたちで行った人もいる。和冦の問題もそこにからんできますが、それはもっとあとのことです。史料の中にははっきりと出てこないものの、伝説とかいろんなそういう状況で、ヤマトから鎧をきた武士がやってきたという印象はたくさん伝承されているわけですね。その人たちは平家です。

南島の平家伝説というのはあっちこっちにあります。壇ノ浦で沈んだ平家がやってきたかどうかはわかりませんけれども、平家の一党がやってきたことはまちがいない。それを追いかけるようなかたちでまた源氏がくる。為朝はそんな具合で結びついていますね。為朝は奄美にもきたし、沖縄にもきたということになっているわけです。それと島津の勢力が沖縄に強く入ってきたときに、沖縄の為政者たちは、島津とうまくやっていきたいと考えた。すると平家伝説みたいなものにすがるわけにはいかない。島津は源氏の系統だと称していますからね。島津の初代の忠久という人は、頼朝の子どもだという伝説があります。ウソかホントか、歴史的にはハッキリしないんですけれど。島津が源氏だというので、沖縄でも、沖縄の王さまは源氏の子孫だと言ったほうが良いからそういうことを言い出したんじゃないか、と。沖縄の為政者がこしらえた王朝時代の歴史に為朝が出てくるからそういうことをいうんですけど、もっと古い書物で『琉球神道記』という、袋中《たいちゅう》(1)(一五五二―一六三九)という人が書いたものに、そういうことが出ていたりして、結局ハッキリしないんです。沖縄のまん中あたりに、按司の按司として勢力を張った舜天という世の主が出てきた。それは為朝の子孫だという伝説があることは確かなんです。

『琉球神道記』の中にもそういうことは書いてある。この本を書いた袋中という坊さんは、陸奥の国の人間です。島津が入ってくる以前に沖縄に行っていた(一六〇三)人です。室町の足利政府と沖縄の琉球王国とは、交通を頻繁にするようになり、その時期に本土の坊さんが、かなり沖縄に渡ってお寺をたてたりなんかしているんですね。そういう時期に渡ってきた陸奥国の人の袋中という人がこの本を書いた。陸奥の国というのは、東北。東北はあんな広いところが明治まで陸奥と出羽しかなかった。いまでいえば福島県の入口、磐城の人です。

琉球研究者の歴史

ここでひとつ面白いことがあります。ぼくはさっき、東北と南島との奇妙な対比のことを言った。歴史の転回のときにはまん中の為政者は東北と南島に気をくばるといいましたけれども、どういうわけか東北の人は沖縄に非常に関心を持ちやすい状況にあるんじゃないだろうかという気がするんです。古いことをいえば袋中が東北の人であったわけですけれども、明治以後になって沖縄のことをいろいろ研究した人も何人かいる。その人たちを見てみると、多くの人が東北に関係があるのでびっくりするのです。初期の頃にそれはよけい多いですね。いちばん最初の人は、笹森儀助(一八四五—一九一五)という人がいます。これは青森県の人です。この人は明治の早い頃に草鞋《わらじ》ばきで着物の裾をからげたような恰好で、コウモリ傘なんか背負って、奄美から沖縄、それからずうっと八重山・先島のほうまで旅行してきたんです。その見聞記を『南嶋探験』(一八九四)という本で出しました。そのために沖縄のことがいろいろ本土の人たちにからも注目されるきっかけをつくりました。この人はあとで奄美大島の島司になります。島司というのは、いまは鹿児島県の出先の大島支庁というのがあって支庁長といいますが、昔は大島島司、島長といった。これが青森県の人です。

その後で、本土だけではなく沖縄の人もふくめてだけれども、沖縄自体を研究するということは、ずいぶん遅くなってから手をつけています、その非常に早い時期に加藤三吾（一八六五－一九三九）という人が『琉球の研究』（一九〇六〜一九〇七）というのを出しています。この人は弘前の人です。それから沖縄県ができて、県知事はみな本土から行っています。沖縄の人自身が県知事になれたのは、戦争よりあとですね。琉球政府のときの主席、そしてこんど復帰して沖縄県になってからの屋良（朝苗）さん。沖縄の人が沖縄の県知事になるのは、戦争以前はいなかった。本土のほうからみんな行った。そうするとやはり本土の沖縄に対する見方というものがありますから、それでは十分行き届かないわけです。そして官僚的な考えでもって沖縄に行って、沖縄はいろんなことが遅れているという目でしか見られない状態でした。だから、本土からきた県知事を、たいてい沖縄の人たちは、よくいわない。いちばん手近な鹿児島県からいったのが、いちばんまたいやがられて、奈良原繁（一八三四－一九一八）という人は一時期、奈良原王国とまでいわれておった。琉球には王さまはいなくなったわけなんだけれども、まるで王さまみたいだということで、かなりいろんなことをやった。或る意味からいえば、腕ききの行政官だったけれど、沖縄の人からはとってもイヤに思われているんですね。この人といろんなやりあいをした、謝花昇《じゃはなのぼる》（一八六五－一九〇八）という人がいますね。

この奈良原という人は鹿児島の藩士でした。薩摩藩というのは非常に現実的で、最初は佐幕だったのが勤王倒幕になった。行政の方針が変わったところです。寺田屋事件（一八六二）というのがあるでしょう。勤王派の「精忠組」という、西郷隆盛なんかも入っていた過激な突出組――

何がなんでも幕府を倒してしまって、王政復古しなければならないという連中——が京都に行って不穏な状況をつくり出した。自分の子どもを殿様にしながら実権を握っていた島津久光は、それを抑えるために、同じ精忠組の連中を刺客に向けますね。だから同志討ちなんですが、殿さまの命令で殺しちゃった。有馬新七というのが、これは突出組のほうで、お互いに俺《オイ》がおまんさが、というふうに話しあっていた連中が殺し合う中、刀が折れたので相手を壁際に押しつけて、ほかの仲間に「オイごと刺せ」といって、一緒に刺し殺されたりしたというようなことがあります。そのときに、久光の命を受けて突出組を抑えたのが奈良原繁です。

この人が、沖縄にいろんな行政の問題がある中、知事となったんです。ほんとうに沖縄の人から評判の悪い知事ですね。第三者から見ると、鹿児島と奄美・沖縄、南方というのは、非常にいろんなところがよく似ている。南方は鹿児島までできているという感じはするんだけども、鹿児島はちょっと、奄美から南のほうと気分がちがう。あそこはもともと隼人《ハヤト》というのがいたので、隼人は倭じゃない。一説には隼人《ハヤト》はハエノヒト、ハエト、南の人という意味だといって、やっぱり南島的な性格が強いですね。だけども、はやく倭化した。ことに島津さんたちはみんな関東のほうから行ったわけです。渋谷とか二階堂とか、鹿児島に古い武士の家がありますけれど、みんな関東から行った。渋谷は渋谷区あたりの有力者かなんかで、二階堂なども関東武士。隼人というのはもう拡散してしまった、土着にね、郷士のほうです。鹿児島の城下士というのは特別な権力がありますからね、なんかあすこには特殊な武士の気分というのができた気がするんです。だから鹿児島を南島というとちょっと違和感があります。実際は似ているんですけれども、これは否定できないですね。それは面白いことだと思って、ぼくは見ているわけです。

話がどんどん横道にそれていきますが、そういう中で、沖縄県の人が、この人なら知事でいいという人がひとりいるんです。上杉茂憲《もちのり》（一八四四－一九一九）がその人です。『沖縄県史』（琉球政府、一九六五～一九七七）が二十数巻ありますが、その中に上杉という知事（在任一八八一－一八八三）の記録のものが一冊入っている。この上杉というのは、山形県から行った知事です。東北の人です。

岩崎卓爾（一八六九－一九三七）という人もいる。『風の御主前《うしゅまい》』というドラマがありましたね。仙台の人で、石垣島の測候所に行って、そこで死んだ人です。石垣島のいろんな、考古学、民俗学みたいなものを研究した人。

それから、田島利三郎（一八六九－一九三一）という人。この人は琉球文学の研究の先鞭をつけた。中学の教師をしていて、その弟子に伊波普猷さんがいる。生徒ですね。田島利三郎はオモロの研究の最初の先鞭をつけた人ですから、この人の研究に刺激されて、伊波さんは沖縄学をうち樹てるような、そういう仕事に入っていった。田島は新潟県の人です。新潟は東北ではないけれども、「越《コシ》のエミシ」といわれますから、いくらか蝦夷《エミシ》的だといってもいいわけです。

あとは中村十作（一八六七－一九四三）という人。宮古島で人頭税廃止（一九〇三）の農民運動が起こったときに、二人の指導者がいて、一人は島の人（城間正安《ぐすくませいあん》〔一八六〇－一九四四〕）で、もう一人が中村十作だった。新潟県の人です。そんな具合です。

それとですね、戦争中になにかあすこに行っとって、あとでまたむこうに住んで、図書館の長をやっていたりした人で、『離島の幸福・離島の不幸』『島にて』だとか『琉球弧の視点から』『南島通信』なんていう本を書いた男がいるんです。これが福島県です。これはよけいだな。島尾というんです（笑い）。

ま、そういうことで、ではほかに本土の人で沖縄の研究をしている人はいないかというと、そうじゃない。たくさんいます。ものすごい大物がいますよね。柳田國男（一八七五－一九六二）とか、折口信夫（一八八七－一九五三）ですか、それから柳宗悦（一八八九－一九六一）ですね。そういう人たちがいます。現在いろんなたくさんの研究家がおりますけれども、いまは少し歴史的なことを言っているのです。こういう人たちは東北の人ではない。今まで挙げた人たちよりもっと仕事が大きいかもしれない。大きくないかもしれない。それはわかりませんが、いろいろ評価のしかたがあるでしょう。

鹿児島の人で、それではいるかというと、少ないけれどもおります。田代安定（一八五七－一九二八）という学者がいます。沖縄のことを早い時期に研究しております。それから、伊地知貞馨《いじちさだか》（一八二六－一八八七）という人がいて、この人が『沖縄志』（一八七七）という本を書いているのですが、沖縄の人から見ると、どうかと思われる。これは琉球処分のときに松田道之《みちゆき》処分官というのが行くわけですけれども、その前に琉球の政治的事情等を薩摩藩から調査に行った人なもんですから、田代安定のほうがやっぱり沖縄に対する研究の態度が伊地知貞馨とはちがいます。伊地知はどっちかというと学者であるよりは政治家ですね。

本土人の沖縄研究というのは、こんなふうな状況でした。

三山対立と中山王国の中央集権

脱線しましたが、琉球弧の歴史をいっていたわけで、舜天王のときから横道に入ったのです。舜天ではじめて個人の名前が記されるようになった。舜天のつぎに、やはり沖縄本島中部の王さまだという、まん中への世の主だと見たほうがいいわけですけれども、英祖《えいそ》（一二六〇－一二九九）という人がいる。沖縄では「いぞのいくさもい（伊祖の戦思い）」と呼んでいますが、中国風な名前がついてます。伊祖《イソ》という地名があり、この辺から出てきて世の主になった。この人の時代から、いろんなことがだんだんわかってきます。この人のお墓など、「浦添《ウラソエ》ようどれ」といって、十三世紀の墓がまだ残っています。六百年以上も前のものですね。

それから十四世紀になりますと、沖縄史でいう、いわゆる三山対立、北山・中山・南山の対立の時代に入ります。北山の城は今帰仁《ナキジン》城、中山の城は首里城、南山はいろんな名前がついているけれども、島尻《シマジリ》城。島尾城と書くこともあります。ぼくの城みたいなものです（笑い）。だからぼくは、シマジリといってもかまわないわけです。ただし南島人じゃなくて蝦夷《エミシ》だ、となりますが。
まん中の中山がいちばん良いところだったと思うのですが、そこの王さまがいちばん地の利を得ていて、中山王の察度《さっと》という（なぜこう面白い字が出てくるかというと、中国のほうの歴史に載っていたり、久米村《クニンダー》の中国人の子孫が文書関係を管理していたりするので、こんな字をあてるんです。サト、里主《サトヌシ》とかいうときのサトですね、偉い人にたてまつる言葉、あるいは女から男の人にいうときにサトといったりする、その名称などがこんなふうになる）が出て、中国の明の招諭を受けたりしています。前にも述べたように、朝貢貿易をはじめていた。察度が明との貿易をはじめたので、北山も南山も、これは負けてはいけないというので、別個に中国の冊封を受けています。

この三山対立が百年ばかり続く。いろんな物語があって、沖縄芝居なんかによく出てくるんですけれども。そして最後に、この三山を統一したのは中山の人で、中山王の尚巴志《しょうはし》（一三七二－一四三九）です。習慣として巴志と呼びます。これが第一尚氏です。北山を滅ぼし、南山を滅ぼして沖縄を統一した。一四二九年のことです。本土のほうでは室町幕府ですね、足利将軍の。ところがこの一四二九年というのは、最近また異説が出て、一四二二年だろうという説も出たりしていますが、どっちが正しいかとなるのにはまだ、学問論争で揉まれなければわからないでしょう。

その尚巴志のころ、沖縄の人口は十万ぐらいだということです。大変ですね、十万人ぐらいでやっていくのは。ま、二千人のナウル王国なんてありますけれども、小国寡民のところだったわけです。

一四〇三年には、本土のほうの足利政権では、義満が「臣日本国王、源の某」というふうな手紙を明に送って、明との貿易をはじめています。やっぱり沖縄と同じ関係でもって明との朝貢貿易をはじめている。『明史』という史書に、朝貢回数が書いてあります。琉球が百七十一回（これは三山時代も全部ふくめて）、安南（ベトナム）が八十九回、爪哇（ジャワ）が三十七回、朝鮮が三十回、日本が十九回。琉球が断然多いですね。中国周辺の独立国で琉球が百七十一回というのは、小さい国だから、明と貿易をすることによってうるおっていたわけですね。日本の十九回というのは、遣明船というのが日本の史料では第一次から第十九次まであったとなっています。明の歴史とぴったり合う。

その頃琉球は、室町幕府に使者を送っています。尚巴志は三山を統一したとき、自分はすぐ王さまにならないで、父親（尚思紹《しょうししょう》）を王さまにしたんですが、その時代に足利義持が片仮名の返事の手紙を出しています。

その後いろんなことがありますが、第二尚氏とよばれる王統の初代の尚円《しょうえん》（一四一五－一四七六）は、第一尚氏と血のつながりはないんです。しかしそれがやはり尚氏を名のって王さまになった。なる前はナントカ親方だったのでしょう。この第二尚氏の王統が琉球処分までつづくわけです。三代目が尚真という。尚真は五十年も王さまになっていて、一四七七年から一五二二年まで在位し、沖縄の中山王国の中央集権を完成させた人です。この王さまのときに、離島が全部服属したというんじゃないんですが、宮古・八重山に兵隊を送って服属させています。宮古には仲《なか》宗根豊見親《そねとよみや》などがおりましたし、八重山にはオヤケ赤蜂《あかはち》という人がいたし、与那国には鬼虎《おにとら》という英雄もいたわけですけれども、みな服属させられてしまって、中山王国の支配下になった。奄美は尚真の子どもの尚清のときです。以前から貢物を琉球政府に持っていっていたという記録はありますけれども、尚清のときに征服されています。

察度の時代に明との交通をはじめたときからだんだん、琉球は中国・朝鮮・日本と貿易しながら、中継をやって次第に東南アジアのほうに出かけていくようになった。その船は明からもらった、五百人ぐらい乗れる船です。明の勢いがだんだん衰えてくると、そういうわけにはいかなくなって、沖縄自体で船を造るようになった。ちょっと小さいので三百人ぐらいしか乗れなかったといいますけれども、それにしてもずいぶんよくやったものだと思います。百五十年ぐらい東南アジアで琉球の商船というものが覇権を握っていた状態であったのです。それがダメになったのは、ポルトガルが北上してきたことと、日本本土のほうが南下してきたことによります。

種子ヶ島漂着だとか、フランシスコ・ザビエルが鹿児島にやってきたというのは、フラフラとあすこに現われたのではなくて、琉球がそういうふうにちゃんとあの辺で世界とつながっていたからだといえるでしょう。そうしてポルトガルが北上する。これは世界の歴史の趨勢でそうなってきたわけで、ゴアを占領し、いろいろあって北上してきた。それと琉球がぶつかった。ゴーレス（Gores）とかレキオス（Lequios）とかいう名前でもってポルトガル側の記録に琉球人のことが出ています。[2] ゴーレスとはどこだというので学者が論争していたことがありましたが、結局、琉球人だと落ち着いたようです。レキオスというのは明らかに琉球国のことですね。

尚円のときから中央集権がしだいにできていく。奄美のあたりは、尚真の時代の辞令が、沖縄から奄美へ親方《ウエカタ》という上流武士が派遣されてきて土着してゆくわけですけれども、そういう人たちへの辞令に、「首里のおみこと」という辞令があります。行政関係を中央集権化すると同時に、宗教関係、ノロのしくみというものを、行政のしくみと同じように、つまり行政区画と宗教区画を表裏一体にして、ノロを支配していく。ノロに対する「首里のおみこと」の辞令などは奄美に現在残っております。みんな中国の明の時代の元号を使っています。嘉靖とか万暦とかいう年号です。

琉球の南方貿易というのは、調べるとなかなか面白いです。本土のほうで勘合船といいますが、明の政府が勘合符を発行して、両方に帳面を置いておき、船が勘合符を持って行くと帳面にあわせて、合えばこれは正式な貿易船と認める、というやり方をとっていたようです。琉球では、中国のほうとの関係なしに、「半印勘合執照」という書類を発行して、貿易船に持たせていた。それでどんどんジャワだとかスマトラだとか、シャムがいちばん多いですが、いろんなところに出かけていった。暹羅（シャム、タイ）、安南（ベトナム）、三仏斉（スマトラのどこか）、爪哇

（ジャワ）、満剌加（マラッカ）、蘇門答剌（スマトラ）とか。これはみんな「半印勘合執照」という書類に記されています。そういう書類を集めたものが、久米村の『歴代宝案』に残してあって、中国人の子孫である久米村の人たちは虎の巻にしていたわけです。

マラッカといえば、いつでしたかテレビを見ていたら、マラッカでマレー人化してしまったポルトガル人というのが、顔つきなんかヨーロッパというかコーカシアの顔つきしているんですけれども、生活のやっていることはまったくマレー人化してしまっている。そのドキュメンタリーが非常に面白かったのを見ました。マラッカのマレー人化したポルトガル人は、いまいった沖縄の貿易船がだんだん衰微してポルトガルが北上してきた、その辺あたりからマラッカに居着いたポルトガル人の子孫かもしれませんね。

久米村の人たちはいまは他の沖縄の人たちとまったく変わりませんが、いろんな史料なんかまだ残っているかもわかりません。

琉球の南方貿易も百五十年ぐらいで終わってしまう。それに符号をあわせるように、一六〇九年に島津の琉球入りがあります。二年ほどおいて一六一一年に、琉球検地、薩摩藩から琉球を何石にするかという検地が終了して、「道の島」と呼ばれる与論以北の奄美諸島は薩摩藩の直轄にすることになり、現在に及んでいる。奄美のほうが先に、本土と直結しました。しかしこんどの戦争の直後、八年ばかり琉球政府に属していましたから、先祖がえりしたような時期があったわけですね。その時期は、奄美で島の土着の文化が非常に復活するという、面白い状況がありました。ぼくは奄美が復帰して二年ぐらいあとに行ったのですけれども、分離時代のいろんなものがまだずっと残っていて、非常に興味があったのです。

一八七二年に琉球王国を琉球藩にした。王さまを藩王ということにして、七年後に沖縄県にして、王さまをまったく離してしまった。それから、戦争の後で本土から行政分離されたのが、一九四六年ですから、このあいだというものが正真正銘の本土と密着していた時期で、七十五年ぐらいしかないわけです。一九七二年に復帰して現在に至る、というのが琉球弧の大体の歴史です。

琉球の王さまの名前で、琉球文学をやるのに知っていて都合がいいのは、英祖、察度、尚巴志、尚真、尚清あたりです。その名前をおぼえていれば、その人の前だとか後だとかということで、理解がつらなっていくんじゃないかと思います。

第六章　オモロ

オモロの成立

王朝時代に千五百五十四首、重複がありますからそれを除けば千二百四十八首ぐらいが『おもろさうし』に掲げられています。沖縄最古の歌謡集といっていい。内容は全部で二十二巻あります。時期が三回に分けて編纂された。最初は一五三一年、尚清王のときです。さっきいいました尚真の子どもになります。この『おもろさうし』をつくろうというきもちを最初に起こしたのは、中央集権を成立させた尚真だった。けれど実際に手をつけたのは、その子どもの尚清なんです。このときは第一巻しか出なかった。四十一首を収めたにすぎません。その次は一六一三年。その間八十年ぐらいたってますね。ずいぶんのんびりしていると思うのですけれど、現在でも小説完成させるのに二十年かかったりしている人もいるんですからね（笑い）。昔は八十年ぐらいどうっていうこともなかったという気もします。一六一三年の二回目のときは、尚寧《しょうねい》（一五六四－一六二〇）という王さまです。それぞれ王さまにいろんな逸話があって面白いんですけど、吃りの王さまがいたり、ショウネエなんて王さまがいたり（笑い）。尚泰《しょうたい》（一八四三－一九〇一）まで十九人、第二尚氏の王統は十九代まで続きますが、尚寧というのは七代目です。このときには、第二巻が出ただけなんです。四十六首。それから十年たって一六二三年、尚豊《しょうほう》（一五九〇－一六四〇）のときに第三巻から二十二巻まで。面倒くさい、やっちまえ、ということで急いで全部収録したということになったかもわかりませんね（笑い）。内容は、それぞれの巻に、

きこゑ大ぎみがおもろ
第一　首里王府の御さうし
嘉靖十年

というようにある。巻名のいちばんはじめのところに分類のようなことがしてありますけれど、必ずしも論理的な分類じゃなくて、かなり便宜的な名前ですね。それを全部ひっくるめて、どんなものがおもろの内容として謡いこまれているかというと、第一に首里《スイ》の高級神女をうたったものがある。高級神女というのは、ノロの宗教体系のもので、ノロは巫女《みこ》とはちがうんです。現在でも奄美・沖縄流のユタというのがおりますけれども、それは民間の口よせですね。ノロとは似かよった内容もありながら、ちがうんです。ノロのほうが宗教行政にがっちり組みこまれている。国がそういう組織をこしらえていて、任命する。ノロのいちばん位の高いのは「聞得大君《きこゑおおぎみ》」とい

う。「きみ」とは「君」の字を書きますが、これは君主の意味じゃなくて、沖縄ではノロの位の高いのを「きみ」と言った。「きみ」のもっとえらい人をいう「きこゑ」は、名高い、位の高い、あちこちに聞こえている、という意味の沖縄の表現方法です。

で、「きこゑおおぎみ」というのが、ノロのいちばん最高の人ですね。これは王さまの妹がなるのが、もとのかたちです。やがて王さまによっては、自分の女房を聞得大君にしたり、自分の母親をしたりするようになったこともありますが、もともとは兄が行政をつかさどり、妹が宗教をつかさどるというかたちで、これは本土のほうでも、昔はそういうかたちがあったのだという学者がおります。「妹の力」というようなことを柳田國男さんが言ってますけどね、南島で妹のことを、ウナリ、オナリといいます。ヤマト風ないい方したらオナリになりますね。オナリ信仰ということがあって、オナリというのは女のきょうだい。男のきょうだいをイキリ、島々によっていろんな発音をしますからエケリといったりします。オナリ・エケリというわけです。本土のほうでこういう区別は、ないですね。兄弟《ケイテイ》姉妹《シマイ》というのは中国の語ですが、どっちもきょうだい。南島では区別しています。そうして、オナリはエケリの守り神です。それがオナリ神信仰。現在でも奄美あたりでは、男が旅行するときに、母親などがその旅行する青年の女の子のきょうだいの髪の毛を切って、気がつかないようにその兄さんなり弟なりのどこか身体に縫い込んでおくというふうなことを、ついこないだまでやってました。それだけオナリには霊力がある、沖縄でセジといいます。それがあるから守ってくれるんです。

ふねのたかともに　しらとりのいちゅり
あれや　うなりかみがなし

という歌があります。白い鳥というのは魂の象徴みたいなもので、オナリは女のきょうだいの魂のことですから、つまりは船に乗るエケリを守る。

そんなことで、聞得大君は王さまの妹か姉というのがもとのかたちのようです。聞得大君以下、いろいろなノロの役付きがいる。そういう人たちの霊力高いありさまをうたったり、神女のようすを歌いこんだりしているオモロがいくつかあるんです。高級神女たちを歌ったオモロがそれです。それから公事《くじ》オモロ、宮廷のおおやけごとを歌いこんだオモロがある。また、地方のオモロ、これはウムイに近くなっていく。あちこちにウムイという歌謡があったのを、或る選択のもとに王府でもって編纂し、オモロとして入ったものです。だから地方のウムイというものは、やっぱりオモロの中にじかに入りこんできている。

オモロというのは歌謡で、節をつけている。「○○のふし」といううたい方が歌の前についている。それをうたう名人がいるわけですが、オモロの名人のことをうたいこんだオモロもあります。英雄や按司（奄美にもおりました）、それを詠みこんだもの。それから航海時代——沖縄の大航海時代と言ってもよいと思いますが——尚真を中心に東南アジアでの貿易をもっぱら琉球王国が独占していた時代には、東南アジアのほうからタイの船などはときどき沖縄に来たようですけれども、しょっちゅうは来なかったようです。結局は琉球の船が往き来して、中国と朝鮮と日本、そして東南アジアとの仲介をやっていたんですね。そのときの航海の希望だとか、状況だとか、それを賛美するような大航海時代の内容をよみこんだものとか、そういうふうなものがオモロでうたわれている内容なんです。

オモロができたのは十七世紀ですが、その内容は十二世紀から十七世紀のことが、うたいこまれた背景になっているといわれています。十二世紀というと、舜天が王さまになったのは十三世紀ですから、それより前の按司たちが沖縄のあちこちで、鉄器をもち力をたくわえた有力者として出てきたころ、そのあたりからがオモロにうたいこまれていることです。で、ふしがあります。舞いつつうたって、最初は手びょうしだったのが鼓になり太鼓になるというかたちでうたわれるまったくの歌謡です。で、読み人知らずのものが多いわけです。うたったり舞ったりするとき、読む歌だとなかなか踊りやふしに合わない。合わせながらうたうと文句が変わってくる。文句をどんどん変えてもいいということは、個人がつくったんじゃなくて、集団でつくったというか、誰がつくったといえないようなかたちでできあがってきたわけです。

そのうたい方に、女うたいと男うたいがあって、女のうたい方というのは地方、いなかのノロが地方のウムイなどをうたうときのうたい方です。そういうものがずうっと伝承されて現在まできている。それが宮廷のオモロになってから男うたいになってくるんです。王朝ではオモロをうたう人たちの役職をきめて、オモロ主取《ヌシドリ》という官職を世襲で置いたりする。その人たちはいかにも重々しいうたい方でもって、神歌隊みたいなものをつくってそれを伝承していく。首里王府のオモロというのは、これは男がうたう。その重々しさをつけるというのは、どうしても本土のほうとのかかわりがある。仏教の声明《しょうみょう》みたいな調子が出てきているといわれています。録音したテープを持っているので聞いてもらってもいいですが。

音数律の問題があるんですが、オモロの場合は全体にわたってたとえば琉歌のように八・八・八・六というように決まっているものではない。いろんなものがあって、まあ不定だと言ってもいいくらいですけれども、その中でも或る傾向みたいなものがある。こんなふうになりたがっているというか、だんだんそれが八・六になっていくんですね。三・四・五という音数律が五・五・四・五・三という調子で、五・三となると八ですからね、五・三という調子を好むようになると八になってくるわけです。オモロのもっとも新しいようなものは、八・八・八、八・八・八、最後で六となる。そうすると琉歌のような八・八・八・六に近づいていく。そういう音数律をもっていますけれども、全部が統一されているわけではない。

それから表記は、ほとんど平仮名ですけれども、まれに漢字が入っている。で、何回も言っているように、国語の歴史仮名づかいというものが下敷になっているんですけども、そのままではなく、ちょっとあちこちに混乱はありながら、オモロの独特な表記になっているんです。だからそのままでは何のことかわからない。慣れればわかってくるわけで、オモロを読んで、沖縄の人でもその方言を知っている人がすぐ理解ができるかというと、そういうわけにはいかないですね。表記の独特な傾きを知らないと、オモロに何が書いてあるかわからない。ただしそのオモロを良く知っている人が、ずっと口で読むと、いまの沖縄の人は大体見当がつきます。それは書かれた平仮名どおりには読まないからです。たとえば「ちへ」は「チェ」というように読んでしまう。それを「チヘ」と読んだのではわからない。そういうものがいっぱいあるわけです。オモロの表記にはもうひとつ大きな問題がありますが、これはいま言ってもよくわからないので、実物を鑑賞しながらそのなかで見ていきたいと思います。

ウムイからオモロへ

「オモロ」というのはどういうことかといいますと、いろんな説がありますけれども、大体、「思い」ということだろうと考える学者が多いんです。人間はいろんなことを心で思うわけですけれど、その表現されたものが「思い」である、という。別な説では沖縄の民間信仰、土俗信仰にノロの信仰がある。それは杜――小高い小さな山である場合もあるし、そう高くはなくても木が生えていて、お祭りをする神聖な場所、そういうところで唱えるオモリからきたんじゃないかという説もありましたが、現在はそうじゃなくて「思い」というのがもとの言葉だろうと考えられます。

本土のほうの和歌などもそうですね。思いを托して、いくつかのかたちにきまった文字をならべて、思いをあらわすということなんです。たぶん「思い」というものがもとの意味にあったんだろうと考えられるわけです。

「思い」は、沖縄の方言ではウムイといいます。オモロというのは表記の上でそうなってしまったんで、もともとはウムイです。オモロといういい方の他に、ウムイといういい方で考えられている歌謡も沖縄にはあるわけですから、その点から考えても、オモロのもとの意味はウムイが正しいじゃないかと考えられます。

「思《おも》う」という終止形を、首里の方言ではウムルというんだそうです。ウムルというのを、いわゆるオモロ式表記をすれば、オモロになるのです。沖縄の村々に、ウムイという呪詞的な性格をもってだんだん叙事的な事のなりゆきを描写してゆく歌にかわっていくものがある。呪詞的な、いってみれば原始的な歌から、だんだん歌謡らしい歌謡にかわってくる過程でウムイという形の歌が沖縄の村々でうたわれるようになっていたのですけれども、そのウムイが中央の王府によって収集され選択されて二十二巻の本に収録されたものがオモロなのです。ウムイとオモロは、歌謡の性格としては、もともと同じものだということができる。そして三回にわたって編纂されて『おもろさうし』という書物となって、現在われわれが見ることができるんです。かなり古くから、といっても本土にくらべれば遅れているけれども、十六世紀の半ばから十七世紀のはじめにかけて編纂されましたが、長い間その研究はされていなかった。また、それを文学として見るということも、沖縄の人たちはしなかった。宗教的な行事だとか王府の行事のなかでそれはとりあつかわれてきたので、文学作品として研究することはなかったんですね。

ただ一度だけ、『おもろさうし』ができてから百年ばかりたったとき、沖縄の人でさえ『おもろさうし』のオモロを読んでも意味がわからなくなってしまっていたために、これでは困るということだと思いますけれども、識名盛命《しきなせいめい》（一六五二－一七一五）という人が『混効験集《こんこうけんしゅう》』という本を出した。一七一一年のことで、この本はオモロ語辞典なんです。『おもろさうし』の中のオモロに使われている言葉の解釈、字引き。これが王朝時代に出た唯一のもので、研究というよりは、わからなくなってしまうから困るということでこしらえておいてくれたのですが、これが現在でも非常に役に立っている。オモロの本格的な研究は明治以後になるわけですけれども、戦後もなおといっていいんです。昭和になってからこのあいだの戦争のあと、研究がますます繁くなってきたんですが、そういうオモロを文学として研究する立場からいえば、識名盛命がこしらえておいてくれた『混効験集』は、全部正しいかどうかはなかなか問題があるのですけれども、しかし一七一一年の時点において、こうした字引きをつくっておいてくれたというのは、大変いい手がかりをもつことができているわけです。それが王朝時代の唯一のものです。

明治以後になって、やっとオモロ研究資料が考えられるようになりましたが、それの先鞭をつけたのは、先にもいいました田島利三郎という人です。この人は沖縄の中学の先生として行っていたのですが、沖縄の古い歌謡のようなものに興味を持って集めだした。で、『おもろさうし』

がいちばん手がかりになるので、その研究をはじめた。この田島利三郎という人の経歴を詳しく調べてみれば、なぜ彼が琉球の文学に興味を持ちはじめたかということが、わかってきて面白いかもしれませんが、いまのところちょっとわからない。新潟県の人だということはわかっていま す。この人が明治三十一年(一八九八)に『琉球語研究資料』を出してはじめてオモロの研究に手をつけた。やはり沖縄の言葉に興味を持って研究しはじめたところ、オモロにつきあたったんだろうと思いますね。そのとき中学生のなかに伊波普猷がいた。最近、平凡社から『伊波普猷全集』全十二巻(一九七四~一九七六)が完成しましたですね。まあこの人が沖縄学の原点みたいな人だといわれて、最近いろいろ伊波普猷の評価について論争があったりして、沖縄のことを勉強するためにはどうしても通過しなければならない人ですけれども、その伊波普猷が『おもろさうし』の解釈など、まず方向を示してくれた。伊波さんがそっちのほうにひかれていったきっかけは、中学のときに教師で来ていた田島利三郎のいろんな業績を見ていたわけです。非常に面白いことだと思います。

その後、伊波さんは大正十三年(一九二四)に『琉球聖典おもろさうし選釈』という本を書いています。そのあと続々とオモロを研究する人が出てきたかというとそうではなく、かなり長い断絶があった。個々の研究はありましたけれども、業績をひとつにまとめる、というかたちでは出てこなかったんですね。

戦後になって仲原善忠《なかはらぜんちゅう》(一八九〇‐一九六四)という人、それから本土の人で鳥越憲三郎(一九一四－二〇〇七）という人がおります。それに現在は法政大学教授の外間守善という人が、おもろの研究を集中的にやっている人たちです。

テキストですが、これは王府で編纂したものですから、ちゃんとしっかりした原本があったのです。第一回の一五三一年から三回目の一六二三年までの間、そのときにできていたオリジナルなものは、一七〇九年に焼けてしまった。ただ都合の良いことには、原本のほかに具志川本《ぐしかわ》という写本があった。もしこの写本がなければ、こういうものを編纂したということだけに終わってしまって、現在のようなかたちでは伝えられていないわけですけれども、火事で焼けたときに、こんなふうなことがまた将来起こるかもしれないから、一つだけでは心もとないというので、別にもう二つの写本をつくり、ひとつは尚家本といって、王家にしまっておいたのです。王さまの宝物ですね。もうひとつは安仁屋《あにや》本。安仁屋という苗字の家に「おもろ主取《ヌシドリ》」という主任の役職を置いておもろのことを取り扱わせていたんですが、その家が世襲で明治になるまで王府に仕え、根本資料としてずうっと伝えてきたのです。尚家本のほうは、戦争のときにアメリカ軍が持って帰ってしまった。まあ、来た軍人の中に関心を持っている人がいたのかもしれませんね。『おもろさうし』の原本があるというので持って帰った。戦争中はそれどころではありませんでしたから。しかし、戦争がすんで、アメリカ兵が持っていったということがわかると、沖縄の人たちがそれを返してほしいと運動した。すると一九五三年に大統領命令で返してよこした。戦後八年ぐらいたってからです。奄美大島が復帰する前後ですね。そのときは沖縄に琉球政府立博物館というのがあり（復帰していまは沖縄県立博物館）、そこで保管していたところ誰かが盗んでいった。それでまた大騒ぎになって、地元の新聞では三面記事いっぱいに書きたてていましたが、それほど間を置かないで、返ってきました。だから現在、県立博物館に尚家本はあります。尚家本はそんな具合で簡単に見られるというわけではなかったのですが、安仁屋本のほうはおもろ主取の安仁屋家にずうっと伝わってきたもので、これによって生活していた人たちですから、いろんな書きこみがしてあるわけです。その書きこみがいろいろ役に立つということがあって、安仁屋本をもとにまたいくつかの写本ができてきました。そのなかには、田島利三郎さんが写したものなどもあるんです。現在活字本になっているのが三冊あります。一つは『校訂おもろさうし』。大正十四年（一九二五）に伊波普猷さんがこしらえたもので、六百部ぐらいしか印刷しなかったといいますから、いまでは稀覯本ですね。二つめは、戦後になって『校本おもろさうし』（角川書店、一九六五）というのが出ています。それからいちばん普及本といいますか、たやすく手に入る本は、岩波書店の『日本思想大系』の一冊に入っている『おもろさうし』（一九七二）です。活字本になっているのはこの三つです。

表記法の問題

全二十二巻に千五百五十四首ありますが、重複の歌を除くと千二百四十八首あります。ちょっと読んだくらいではなかなかわからない、難解なものであったわけです。古い言葉であると同時に、表記が単純ではない。文字に書きあらわすときに、発音のままではない、つまりそこに操作が加わっているものですから、どういうつもりでそう書かれたのかわからないということがあって、現在からは尚更わかりにくいことが重なっていたのです。

王朝時代につくられたおもろ辞典である『混効験集』などを手がかりにして、最初におもろの解釈に手をつけたのは伊波普猷さんです。この人は二百五十七首を解釈しました。そのあとの仲原善忠さんが、これ以外のもの（伊波さんが解釈したものもまた仲原さんが解釈しなおしているものもありますが）を百四十ぐらい解釈しています。あわせて四百ちかいものがこの二人によって解釈されました。現在ではその解釈にいろんな批判もあるのですが、とにかくちょっと読んだだけではわからないような「おもろ」を、四百ちかく解釈されたものですから、それを土台にしてその後のいろんな研究家たちが解釈するようになった。

仲原善忠さんには『おもろ新釈』（琉球文教図書、一九五七）という本がありますが、こうした本にならないで、大学の紀要だとか研究雑誌のようなものにも、おもろの或る歌の解釈などが出ています。全部解釈したのは鳥越憲三郎という人で、『おもろさうし全釈』（清文堂出版、一九六八）という本がある。この人は本土の人で、いろいろ詳しく琉球の宗教関係などの研究をしていますけれども、言葉については地元の人ではないので、地元の研究者からいわせると、鳥越さんの『全釈』はかならずしもそのまま受けとっていいものとは限らない、という批判も出ています。

歌の数は千二百四十八ですけれども、これをボキャブラリー（語彙）で数えると、八千五百ぐらいある。この語彙もだんだんわかってきたが、まだ三百ぐらい未詳のものがあります。なんのことかさっぱりわからない、という語彙が三百もある。だから千二百四十八首の歌の全部が解釈されていることにはなっていない。また一つの歌が解釈されても、意見が対立したまま決着がつかないものもあります。

いずれにしても明治のはじめに研究に手が着けられて、それからぼつぼつ沖縄の人たちが中心で研究されてきた。戦後になって本土の人たちもそれに嘴を入れたような格好になっていますけれども、研究が浅いわけです。完全な解釈はまだついていない状況ですね。

ここに、『おもろさうし』のいちばん最初に出ている歌をあげてみます。

あおりやへがふし

一きこゑ大ぎみぎや
おれて　あすびよわれば
てにがした
たいらげて　ちよわれ
又とよむせだかこが
又しよりもりぐすく

又 まだまもりぐすく

こんなふうに表記してありますが、この当時の発音通りではなくて、見ればわかるようにほとんどが平仮名で、まれに漢字が入っている。ただし『日本思想大系』本の『おもろさうし』は漢字がずいぶんあててあります。しかしオリジナルなものはほとんどが平仮名で、「大きみ」というときの「大」ぐらいが漢字で書いてある。そして平仮名の仮名づかいは、本土のほうの国語の歴史的仮名づかいを基本的には下敷にしているのです。ところが琉球語と本土語とは、かなり様子がちがいますから、そこのところにズレが出てくる。大体は、まあ詳しいことをいうといろんな難しいことが出てきますけれども、母音についていうと「o《オ》」と「e《エ》」とが、琉球語と本土語でいちじるしくちがう。つまり「o《オ》」という母音を琉球語のなかでは「o《オ》」と発音する場合が非常に少ない。みな「u《ウ》」と発音する。まったくないわけじゃないんですが、オと発音すべきところをウと発音するんです。また「e《エ》」と発音すべきところは「i《イ》」と発音する。

オモロの表記でそれをどういうふうに表記しているかというと、たとえば着物の「おび」と書く場合には琉球語で「うび」という。それがそのまま「うび」と表記される。「ふね」は「ふに」と、こうなる。「骨まで愛して」の「ほね」もhoneがhuniになって「ふに」となる。豚のことを「ワ《wa》」といいますが、このぼくの発音も沖縄の人がきくとちがうといいます。「ワ」じゃなくて「ウァ」なんですけれども、そこのところをぼくがいくら発音してもちがう（笑い）。「豚の骨」のことを「ワーヌフニ」という。

だいたいそんなふうに表記するんですけれど、混乱が起きるんです。たとえば「雪」、沖縄に雪はありませんが、「ゆき」という言葉はあるんです、面白いことに。奄美にも雪がないのに「雪」なんて苗字の人がおりますから、ちょっとどうなっているのかわかりませんが「雪《ゆき》」はあるんです。ところがyukiというのは、母音は沖縄的ですね。このままで書けばいいものですけれども、yukiというのはシマの言葉そのままじゃないか、これをそのままヤマトグチに表現するときには、yokiとしたほうがいいんじゃないか、とこう考えちゃったんです。それでオモロの表記には「ゆき」のことは「よき」と書いてある。これが混乱のひとつですね。

面白い話をひとついいます。奄美のおばあちゃんの話ですが、息子が本土にずっと生活しているので、おばあちゃんに本土の都会を見せようとして東京あたりに呼んだ。東京にきておばあちゃんは買物なんか行ったりする。そうすると方言がたいへんちがうから、バカにされないようにしてなるべくヤマトグチを使おうとして緊張する。たとえば写真《シャシン》という言葉があると、shi《シ》というとシマグチだと思ってしまうんですね。母音が「i《イ》」となるところは「e《エ》」といったほうが本土的だと混乱して思うもんだから、「シャシン」といわないで「シャセン」という。あるいは「シャ」というのもこれはシマグチだから「サ」といって、「サセン」を写すという。なんのことかよくわからない。よく聞いてみると写真のことで、「シャシン」というとシマの言葉のような気がするわけですね。

それとはちょっと別だけれど、ブタの肝《きも》ですね、これは沖縄でも奄美でもたいへん好んでたべる。「ワーヌキム」と奄美ではいいますが、沖縄では「キモ」が「チム」になります。この「チム」というのは「こころ」のこともいうわけです。「こころが苦しい」ということを「チムグルサ」といったりする。だからおばあさんは豚肉の肝を買いに行くときに、肉屋の店先で「ブタのココロください」といったが（笑い）、肉屋の人はキョトンとしてわけがわからない。「キム」というとシマの言葉だと思ってしまうわけです。

まあ、そういう笑い話があるんですけれども、そんなふうに混乱がある。だから「むすめ」とそのまま書けばいいものを、「モスメ」と書く。山の「木」を「キ」と書けばいいんですけども、「キ」と書くとシマグチそのままのような気がして、オモロを読むと「ケ」と書いています。太陽の火《ひ》、これはさらに混乱して、いろんな書き方があって「へ」と書いたり、「ひ」と書いたり、それから「ふぃ《フィ》」と書いたり、「ふゑ」「ふへ」と書いたり、「ひ」は古い時代にはfiですからね。まあこんなぐあいに、オモロでは「火」のことを表記した。なかなかめんどうくさい。それがわかってしまえば、いちおう見当つくから、だんだん読んでいてわかってくるわけです。

こうした整理などを、明治以後に田島さんを最初にして、いろんな研究家が明らかにしてきた。「なになには」というのを「なになにわ」と、こっちの「わ」を書いたりしていますが、これは皆さんと似ていますね。現在仮名づかいですか、戦後に歴史的仮名づかいを変えてしまって、だいたい発音するままで書くことになっているのに、「どこどこへ」とか「私は」というときには

「へ」や「は」を書く。しかし、読むときには「へ」じゃなくて「え」、「は」じゃなくて「わ」と発音する。だから論理的にはそういう混乱が新仮名づかいにもあるわけだけれども、そこのところをわからないから「私は」というのを「私わ」と書くのが若い人たちに多いわけです。そういうことがオモロにもある。

とにかくそういう混乱はありますけれども、だいたいは国語の歴史的仮名づかいを下敷にして、沖縄の方言をかなり統一的に表記しているというのが、オモロの表記なのです。この『おもろさうし』の表記の方法は、沖縄の歴史的仮名づかいとして定着しているようなところがあります。「おもろ」以後の古文書、碑文だとか琉歌、組踊などを書くときには、『おもろさうし』の表記を使っています。この表記法は『おもろさうし』のときにはじめて発明されたのかというと、そうではなくて、やっぱりおのずと歴史的な性格がある。それ以前の碑文、ミセセルの碑文が現在残っている。それを見ると発音通りではなく、表記の上でくふうがしてある。そのくふうの方向は、「おもろ」の表記法に先行している。そういうものがだんだん「おもろ」に近づいて「おもろ」で確定的な表記法ができあがったと見てもいいんじゃないか、というわけです。

この仮名文字が沖縄の島々に本土から伝わったのが、十三世紀の中頃だったそうです。本土の平仮名、片仮名は、お坊さんたちが読むお経《きよう》――もとのものはサンスクリットでしょうが、それが漢訳されたものが日本に入ってきて、漢訳が一般的に日本の僧侶の中にひろまった。そのお経を読む場合にいろいろ書き込みをしなくちゃいけない。書きこみをするときにいろんな符号をつける。その符号がもとになって、平仮名とか片仮名とかできてきたんだといわれますけれども、沖縄の場合、十三世紀中葉というと、本土のほうは室町幕府です。それ以前の律令体制のあとさきにも往き来はありますけれど、平安時代になって南島と本土との交通が途絶してしまう時期があります。その途絶のあと復活したのが室町時代です。そうして往き来ができるようになると、もう沖縄には琉球王国、三山だとか中山だとかが出てきている。そういう主体的な政府がどちらにも成立した時期において交渉がはじまる。何が最初に往き来するかというと、お坊さんですね。沖縄の、といっても、王府のある首里の、僧侶を中心とした知識人たちの間で、片仮名を使って沖縄の言葉を表記するということがだんだんはじまってきた。そうして『おもろさうし』に表記法が一応の完成をみせた。十五世紀末から十六世紀はじめにかけて、表記法が熟れてきた、と見てもいいようです。

節と繰り返し記号

実際のオモロに入っていきましょう。いちばん最初にみんな節名《ふしな》がついている。節名のないオモロもあるんですが、たいていのオモロにはついている。その節がいろいろあって、整理すると百二十ぐらいに整理できるといいます。この節というのは、琉歌にもやはりあります。節と歌とが非常にくっついている。それに踊りがともなっている。ある節の名をいうと、その節でうたう歌の文句が思い出されるし、それと同時にその節でうたって踊りをするその踊りの素振《そぶ》りがすぐ頭に浮かんでくるというぐあいで、沖縄の人たちは受けとっているわけです。オモロの節と琉歌の節との数は合うんだといわれています。しかし、実際にどの節とどの節が合うんだということは研究ができていない。というより、もう手のつけようがない。琉歌のほうの節はかなりの数がわかります、現在にまで伝わっていますから。けれども、オモロのほうの節は、これはもう消えてしまって、ごくわずかなものだけが残っている。あるいは地方のノロたちがうたうウムイ、これが地方の神女たちによってうたいつがれていますから、たぶんそんなふうな節だろうと見当をつけることはできます。王府のほうのオモロの節というのはまったくわかっていなかった。ただし、ひとつ幸いなことに、最後のおもろ主取で安仁屋真苅《あにやまかる》（一八三七 - 一九一四）という人がいましたが、この人は大正のはじめ頃に亡くなった。この人がまだ生きているうちに、山内盛彬《やまうちせいひん》（一八九〇 - 一九八六）という、琉球音楽の三味線の家筋の人が、ひとつだけ節まわしを聞いて習っておぼえました。それで、たったひとつだけ、節まわしが残っているのです。わかるものはそれだけです。この山内盛彬さんは、琉球音楽や舞踊の研究で、舞の動作のことなど文章に書いています。その山内さんが真苅おじいさんから習ったものが残っている。テープにいれて持ってきましたので、あとでかけてみますけれども、そんなふうにたまたまの僥倖でもって、ひとつ伝えられている。そのほかの節はどういうものであったか、今はもうわからないわけです。

そういうふうにみんな節があった。かたちとしては、最初に「一」とあって、「いち」というのか「ひとつ」というのかわかりませんが、これは歌をいうときにはいわない。点はありません。それから文句がはじまって、途中で「又」とはいる。これはいろんなかたちになります。「又又又又」とこう、ね。「一」という記号はそのオモロがはじまるしるしです。「又」というのは折り返しの記号だということは、みんな気がついたわけなんですけども、どんなぐあいに折り返すかというのは、なかなかむずかしい。千五百いくつかオモロがありますが、ひとつの考え方でもってその全部の「又」の繰り返し方法を解釈することはできないんですね。だからいろんなかたちが入っている。いま三つぐらいの繰り返し法がわかっています。

展読法
反復法
分離解読法

の三つです。それぞれの研究家が、こういうふうに読むのじゃなかろうかと考えた。それが果たしてそうであるかどうかということは、わからないものも多い。しかしそんなふうにして読むと、うまく全体の意味が理解できるところで、受け容れられているようです。

たとえば反復法ですが、「きこゑ大ぎみぎや　おれてあすびよわれば　てにがした　たいらげて　ちよわれ」これがまず第一節というか、最初のスタンザ。その次、「とよむせだかこが」から二行目にかえって「おれてあすびよわれば……」とつづくのが第二節、「しよりもりぐすく」から二行目以下につづくのが第三節。第四節も同じように「まだまもりぐすく　おれてあすびよわれば　てにがした　たいらげて　ちよわれ」というふうに読むので、書き方はちがうけれども、省略しないで書けばいまいったように反復していくわけです。この二行目以下が反復する部分ですね。ところが全部はこれで解釈がつかないということで難しいわけです。そこでこんなふうな、いろんな読み方がある。

さて、一五五四番まであるうちの、番号でいえば一番、最初のものがここに書いたものです（一三二頁）。節の名まえが「あおりやえがふし」で、「きこゑ大ぎみ」というのは先にいいましたようにノロ組織の中の一番最高位の神女、原型としては王さまの「おなり・うなり」ですね。「おなり」がなっていた役職で、「聞得大君」。発音するとき、話し言葉でいうときには「チフージン」という。「聞く」が「チク」、「大きい」が「フー」で、「君」は「キミ→チミ→ジン」となる。それで「チフージンガナシ」という使い方をします。「ぎゃ」というのは「が」のことですね。

「おれてあすびよわれば」の「おれて」は「降りてきて」。聖域にいてそれが降りてくる。「チフージンガナシ」、「聞得大君」というのは人間ですけれども、あるときは、祭りをするときは神になってしまうわけですね。祭りがすめばまた人間になる。祭りをするときに、ある瞬間から神になる。ですから神さまのように高いところにいて、それが降りてきて人間の庭でもっておあそびになれば、ということ。「よわれば」というのは「たまえば」というふうな敬語なんです。

「てにがした」は「天が下」です。「天《テン》」を「てに」と書くのが「おもろ」の表記法なのです。しかし、「てに」というのが琉球語かというと、そうではなくて、もしこれを琉球語で発音するとなると、「ティン」になるわけです。「ティン」を「てぃん」とは書かず、ヤマトグチふうに書いて「てに」となる。「たいらげて　ちよわれ」というのは、「ちよわれ」が「ましませ」「たまへ」というのだそうです。だから、「王さまよ、天の下にたいらげてください」そういう政治をしなさい、と神さまになった聞得大君が、人間の庭、あるいは首里王城の庭であるかもしれない、そこでもって、そういうふうに祈っている歌ですね。それをまた繰り返す。

「とよむせだかこ」の「とよむ」は、国語にもありますね。太鼓なんかの音が鳴りひびくことを、「とよむ」といいます。ある噂みたいなものがずうっとひびいていくというのか、なんていうのか、名高いとか、位の高いという意味になっています。「とよむ……」というのは沖縄のいい方でよくあります。宮古でも仲宗根豊見親という人がいました。名高い、有名な、位の高いという意味が入っています。「セジの高い人」といういいかたがあります。「セジ」はその人がもっている霊力みたいなものですね。「せだかこ」は「セジの高い人」という意味で、聞得大君のことです。ですから、「きこゑ大ぎみぎゃ」というのと、「とよむせだかこが」というのは、同じことなんです。

「あそぶ」というのは、「遊ぶ」でかまわないわけなんですけれども、世俗的な遊びのほかに

「神あそび」という意味あいが入っていますね。やはり宗教的な行事をやっているということです。また「しゅりもりぐすく」というのは、王さまのいる場所ですから、結局きこゑ大ぎみが自分のえけりである王さまの政治がうまくいくように祈っている言葉です。「まだまもり」というのは首里の中にある、真玉杜というところで祈っているのです。

　これが一番最初に出ているオモロです。「あおりやへがふし」とありますが、「あおりやへ」というのは、ノロ（神女）の身分として、聞得大君の下にある位です。「しょり大ぎみ」とか「うふあむしられ」とか「あおりやへ」とか「さすかさ」とか「きこへせんきみ」とか「ももとふみあがり」とかそういう神女の身分があります。その中の「あおりやへ」のふしをいう。これも表記すると「あおりやへ」ですけれど、発音するときには「オーレー」という。もとは「あふる」煽るでしょう。うちわで「あおる」というときの。それを発音するときには「オーユン」という。「あおりやえ」で「オーレー」というふうになる。だから「オーレーがふし」です。

　さっきちょっと言った山内盛彬さんが、最後のおもろ主取だった安仁屋真苅おじいさんから聞いた節は「オーレーが節」だったわけです。この節で一番の「おもろ」をうたったのが入っていますから、テープを流してみます。（テープかける）……わからないでしょう（笑い）。これはまあ、お経に似ているということはわかるんですが、よくそっちのほうは知りませんけれどもつまり天台宗などの声明、お経の誦み方の音楽がありますね、それに似ているんだそうです。なぜそんなふうに似せてきたかというと、これはやっぱり王府が重々しくうたうためにそれを取り入れてきたからのようです。

この歌をきいていても「おもろ」の第一番かどうか、すぐにはあやしい。はっきり「きこゑ大ぎみぎゃ」というふうには言っていない「〽アーオーアーウー」とかいいながら、そのあいだに「き」と、こういう（笑い）。つぎにまた「〽アーオーウーオー」とうたいながら「こー」という（笑い）。こうしてアとかオとか唸りながらその間に「こ」「ゑ」「大ぎみ」と入れて、最後までいうわけですね。こういういい方をしているから、まったくわからない。

これは王府の儀式のときに、おもろ主取以下おもろ親雲上《ペエチン》とかいろいろ役職がありますが、その人たちがおもろを重々しくうたうから、こんなになっちゃった。こういう節が「あおりやえがふし」で、「きみがなしおもろのふし」とか「きやくなつらしろがふし」とか、三百一首ふしが書かれていて、整理すると百二十ぐらいになって、百二十のふしというのは三味線をひいてうたう琉歌についているふしがやっぱり百二十ぐらいだそうで、その辺に対応する問題がひそんでいるんじゃないかといわれていますけれど、いまいいましたように「おもろ」のほうは「オーレーがふし」しか伝わっていないわけです。地方のウムイのほうは、現在まあ伝わっているので、それをこんど聴いてみます。これは沖縄の土着のものですから、だいぶちがう。同じウムイでもいろいろあります。（テープかける）……まあこんなふうです。鼓か太鼓みたいなもので拍子をとって、ふしがついて、音楽があって、踊りなんかが入るわけです。その踊りですが、オモロのなかには踊りに振りがあって、この振りでやれ、と注のついているものがあるんです。それもいろんなことがわからなくなっているんですけれども、いまうたった山内盛彬さんというおじいさんが、琉球音楽のいろんな研究家で、実際自分がその三味線音楽の家筋の中で生まれて、ずうっとやってきた人ですから、非常に聴くべきことが多い。そういう貴重な記録を書いています。山内さんの文章の中で、舞の動作について書いてあるのが非常に面白いので紹介しておきます。沖縄の踊りの基本的なものになるのではないかと思います。

舞の動作には、「なより」、「こねり」、「ゑさ」の三つがある。「なより」というのは、からだの動き、「こねり」は手の動き、「ゑさ」は足拍子を踏むことだそうです。この三つが舞の動作で、この三つが組み合わさって沖縄の踊りができている。「なより」はからだをこう折り曲げたりなんかするわけですが、「あやより」「くせより」「京のより」「島のより」があって、「京」というのは首里のことです。沖縄の京都というのは首里のことですから。「島のより」というのは、それぞれの田舎のからだの動かし方。で、その琉球舞踊を見ていますと、本土の踊りといろいろかかわりがないことはないですけれども、非常に独特のものがありますね。それで、どういうんですか、からだをこういうふうに出してきたりね、歩きぐあいとか、足の腰のひねり方とか、いろいろそういうものがある。それを言っているわけです。「こねり」は手の動きで、これには「かみ手」「こねり手」「おす手」というのがあるんだそうです。「こねり手」というのは沖縄独特の踊りで、「かみ手」というのは、こう拝む、沖縄のノロたちでも、こういうふうにして拝みます。人を送ったりなんかするときの「さよなら」のときも、こんなふうにします。「こねり手」は

「かみ手」をこんなふうにこねるんです。「おす手」というのは、押すわけです。「ゑさ」は現在エイサーという踊りが沖縄で、青年が鉢巻きみたいなのを締めて太鼓たたいて「エイサー」といって踊るのがありますが、その足調子ですね。

まあ、そんなふうな舞の動作があるんです。そういうものが、この「おもろ」のなかで、「なより」「こねり」などで入っています。ですから、伝統的なそういうものが沖縄にはあるということが、わかるわけです。

太陽と王のオモロ

「おもろ」は千五百首もあるんですから、それをひとつひとつやっていくと面白いんでしょう。でも追いつきませんから、その中から少し、幾つか選んでみます。

三七九番
うちいではふへのとりのふし

一天にとよむ大ぬし
あけもどろのはなの
さいわたり

あれよ　みれよ
きよらやよ
又ぢ天とよむ大ぬし

これは太陽の賛美のうたです。「天にとよむ大ぬし」は太陽を人格化して、「天になりひびく大主」というように表現しています。「あけもどろ」の「もどろ」は「まだら」と同じ意味で、沖縄の言葉では「ムドゥル」と発音する。夜が明けるときに天地がはっきりしない状態。四十になると目がチラチラすることがありますが、これを沖縄の言葉で「四十ムドゥルキ」といったりします。「あけもどろのはな」は、海に日が昇ってくる瞬間の、水平線にいろんな色が渦まくように光が放射するのを、花にたとえているわけです。「さいわたり」は「さきわたるように」。「あれよ　みれよ」はその美しさに感動していう。「きよら」は「美しい」。「ぢ天とよむ大ぬし」の「ぢ天」は「地天」のことで、太陽を擬人化していいかえているわけです。日の出の海の瞬間の美しさ、光の渦が海面にやってくるその一瞬をとらえた、太陽の賛美のうたですね。

五一二番
一むかしはぢまりや
てだこ大ぬしや

きよらや　てりよわれ
又せのみはぢまりに
又てだいちろくが
又てだはちろくが
又おさんしちへ　みおれば
又さよこしちへ　みおれば
又あまみきよは　よせわちへ
又しねりきよは　よせわちへ
又しま　つくれてゝ　わちへ
又くに　つくれてゝ　わちへ
又こゝらきのしま〳〵
又こゝらきのくに〳〵
又しま　つくるぎやめも
又くに　つくらぎやめも
又てだこ　うらきれて
又せのみ　うらきれて
又あまみやすぢや　なすな

又しねりやすぢや　なすな
又しやりば　すぢや　なしよわれ

これは天地創造のことをうたっているので、かなり有名な歌ですから紹介しておきます。「てだ」は太陽のことです。「こ」をくっつけますが、その「こ」にそんなに意味はない。「てりよわれ」は「照ってください」とか「照っておいでです」。「テリョーリ」と発音するのですが、文字に書くときは「てりよわれ」と書く。敬語みたいな表現です。「せのみ」は太初、世のはじめです。「せのみはぢまりに　てだこ大ぬしや　きよらや　てりよわれ」と反復するわけです。昔、はじめに太陽があった、「太初《はじめ》に太陽ありき」というか、それをまた繰り返す。「てだいちろくが」の「いちろく」はなかなかわかりませんが、「一郎子」というふうに書いたりする人がおります。また太陽のことをいうのでしょう。「はちろく」は「八郎子」で、同じ繰り返しです。「おさんしちへ」というのは「高い所から」という意味だそうです。「みおれば」は「見おろせば」。「さよこしちへ　みおれば」は「鎮座したところにいて、そこから見おろせば」といった意味のようです。とにかく、太陽が上のほうから見おろしているわけですね。「あまみきよ」は奄美人で、沖縄の伝説では奄美人というのは北のほうからやってきて、そして沖縄の人間になったんだ、というのです。伝説があります。対句として「あまみきよ」「しねりきよ」となり、「きよ」というのはいまでも人のことを「チュ」といいますね、ヤマトの人はヤマトゥンチュですが、「あまみきよ」はアマミチュで、「おもろ」的表記でいうと「あまみきよ」になる。「あまみしねり」で対語になって、これは南島に一般的な形態ですが、同じことを二つずつ繰り返していう。「にらい　かない」「おぼつ　かぐら」などといいます。「むかし　けさし」とかね。これは「あまみ」「しねり」という二つの神さまだという説もありますが、どうもそうではないようで、神さまであるとしたら、こういう言い方をする一人の神さまであると見たほうがいいようです。

「しま　つくれてゝ」の「しま」はムラですね。「てゝ」は「といって」、「よせわちへ」が「わちへ」となっています。つまり太陽が天にいて、奄美人を呼んで、沖縄の島をつくれ、村々をつくれといっているわけです。「こゝらきのしま〳〵」は「ここだくの」で、古語にありますが、「たくさんの」の意味。和歌などでよく使うんじゃないですか。たくさんの島々、たくさんの国々。「ぎやめも」は「までも」で、島つくるまでも、国つくるまでも。「てだこ　うらきれて」の「うら」は心で、待ちわびる、なんともいえないきもちになる。奄美に、

わぬや　うらきれて　浜おりてみれば
かなやめいらぬ　しらなみのたちゆる

という歌があります。私は待ちわびて、淋しくなって、じっとしていられなくなって、浜に下りてみたら、白波ばかり立っていて、加那（恋しい人）はなかなかやってこない、の意味です。

この「うらきれて」ですね。

太陽があまみきよ・しねりきよに、たくさんの島をつくれ、国をつくれ、というけれども、なかなかつくらないので、待ちわびて……。「せのみ　うらきれて」も同じことですね。「あまみや」と「しねりや」はおんなし意味で、奄美とか沖縄のことをいっている。「すじ」は血筋、子孫、人びとですね。「なす」は「ナシュン」が「生む」で、「ファーナシュン」で「子どもを生む」。面白いことに東北でも子どもを生むことを「なす」といいます。ぼくの田舎のほうでは赤ン坊のことを「オト」という。「オトナス」。おばあちゃんが東京から嫁をもらって、子どもができそうになって、「オトナシタカ」って聞いたら、「何か音がしましたか」と返されたという（笑い）。その「なす」です。だから、下界の人々を生むな、と。太陽が怒ってしまってね。しかしそこのところ、この「なすな」の「な」は感嘆詞であって、本土の万葉集あたりの歌のなかにそうしたいい方があるんだそうです。否定の「な」じゃなくて、「生みなさいよ」、「待ちわびているんだから早く生みなさいよ」といっているというのと、二つの説があります。「しやりば」は「そうすれば」「だから」ということ。これは創世神話だというふうにいわれるものです。

次にもうひとつ。

五三四番

一ゑけ　あがる三日月や

（又）ゑ　け　かみぎやかなまゆみ
又ゑ　け　あがるあかぼしや
又ゑ　け　かみぎやかなまゝき
又ゑ　け　あがるぼれぼしや
又ゑ　け　かみがさしくせ
又ゑ　け　あがるのちくもは
又ゑ　け　かみがまなきゝおび

この歌も節名がありません。この歌は、「又」をどう解釈していいかわかりません。反復法じゃないようですね。ただずうっと読んでいったほうが、意味が通ずる。この「又」の使い方は、まだはっきりしないのです。これは空を見てうたった、非常に古代風な発想の歌です。「ゑ　け」は感嘆詞です。「ああ」というのでしょうか。現在では沖縄の人たちは「あきさめよ」とか「あきよ」とか「あき」という。奄美のほうにくると「あげ」という感嘆詞があります。怒ったときも嫌なときも、嬉しいときも悲しいときも、「あげ」を、いい方をかえて使っています。こんなぐあいです。「エゲー！」というのは「あんちくしょう」というようなときで、嬉しいときは「アゲッ」という調子ですね。いやだなあということは「アゲェー」（実演する。笑い）。いろいろ発音します。

「ああ、三日月があがった」。「かなまゆみ」は弓のことで「かな」も「ま」も美しく言おうとしてくっつけているわけです。「赤星」は明星、それは神の「かなまゝき」。「ままき」は、細い矢のことですね。「ぼれぼし」は群れ星で、奄美大島に行くと「ぼれぐら」といって高倉がたくさん並んでいるところがありますが、「ぼれ」は群れです。そういう星がいっぱいかたまっているのは、神の「さしくせ」。神の差す櫛《くし》、「くせ」は櫛のことです。櫛のような感じの星群がありますよね。「のちくも」の「のち」は「ぬち」で「ぬく」からきた、つらねるの意味です。「ぬちばなー」といって花を貫いてつらねて首にかけたりする、そういう「ぬちばなー」の「ぬち」は貫《ぬ》くという。雲が貫いたように、ずっとこう横たわっているという、雲の形容ですね。それは「かみがまなきゝおび」だから、神が大切にしている帯。「まなきき」の「まな」は愛の字をあてたりします。

これが五三四番の「おもろ」です。奄美のことを歌った「おもろ」も三十ぐらい入っています。たいてい読み人知らずなんですけれども、中には作者のわかっているのがあります。

八九二番に入っている、『おもろさうし』の中で一番最後に作られた「おもろ」だといわれているものがあります。一六〇九年に薩摩が琉球入りをして、琉球の王さまの尚寧王を鹿児島に連れていってしまうわけです。尚寧王の王妃が、主人が帰ってこない、そのときの、さっきのことばを使えば「うらきれて」読んだ歌です。

一まにしが　まねまね　ふけば
あんじおそいてだの
おうねど　まちよる
又おゑちへが　おゑちへど　ふけば

これは尚寧が鹿児島に連れていかれたので、それを待っていた「をなぢやらの美御前《ミオマエ》」という王妃がおつくりになった、と「御つくりめされ候おもろ」という詞書《ことばがき》がついています。「まにし」は北のことを「にし」という。西は「いり」といいます。奄美でも「にし」が北のことですが同時に風のことをいう。「北風がまにまに吹くと」、沖縄で北風が吹いてくると、これは鹿児島からですからね、ヤマトのほうから風が吹いてくる。北風が吹くと「あんじおそいてだの」、「あんじ」は按司《アジ》で沖縄の大名、かならずしも本土の大名とは重なりませんが、その按司を襲う、治めるところの「てだ」は太陽。沖縄の人たちは最初「てだ」とか「てだこ」で太陽のことをいっていたのが、だんだん王さまのことをまで、「てだ」というようになった。だから「按司おそいてだ」というのは王さまのことで、自分のだんなさんのことです。「おうね」は船。「北風が吹いてくると、自分の夫の王さまが乗ってくる船が来はしないかと、待っている」それだけの歌です。「おゑちへがおゑちへど吹けば」は、追い風が吹けば、を反復して「まにしがまねまね」と同様にいうわけです。

これが最後の「おもろ」といわれます。いつ作ったかというと、一六〇九年に鹿児島に連れていかれて一六一一年に帰ってくるわけですから、たぶん一六一〇年ぐらいに作ったろうといわれています。

もっといろいろ「おもろ」の話をしたいのですが、時間がないので、このくらいにします。古代の人たちの心の、非常におおらかなものが感じられるんじゃないでしょうか。非常にユーモラスな歌などもあるんですがね。夢を見て、あとかたなく消えてしまった。娘さんを抱こうと思ったら、目が覚めて消えてしまった。というふうな近代的な歌もあります。千五百五十四首のなかにはいろいろそういう種類の歌があります。これは沖縄の人たちの精神生活を研究するための重要な手がかりですね。

第七章　琉歌

八・六と七・五

一六〇九年に薩摩が入ると、そのとき連れていかれた王さまの王妃が作った歌が最後だといわれるように、「おもろ」がなくなり、そしてどういうわけだか、古代的な要素がそこで終わってしまった。薩摩の桎梏《しっこく》のもとに新しい生活を沖縄の人たちははじめたわけです。それ以前の、尚真が中央集権をした沖縄の黄金時代みたいなものはなくなってしまうのです。薩摩の監視のもとに中国との貿易を続けていくような状態になっていく。それと同時に、尚真王が刀をとりあげた、という説が流布していて、一方どうもそうじゃないという説もあったりするのですが、尚真の頃から琉球士族は刀を差さなくなった。無腰になって、綺麗な着物をきて、着物を前へこう結んで、ゾロリゾロリと歩いているような感じの武士階級になってしまった。それ以前は差していた。田舎にそれぞれ牙城を築いて、そこに按司として割拠し、武力も持っていた、武装していたのが、だんだん武装を解かれる。尚真の中央集権のときにもう完全に武装を解かれて、按司たちはみな首里に集められた。首里に集まった士族たちは、若いのも年寄りもふくめて、次第に官僚的な知識人化をしてくる。することがないから、歌でもうたって、ということになってきて、それも大らかなこういう「おもろ」の歌をうたうような気分でなくなっていく。それと三味線が入ってくる。沖縄・奄美では三線《サンシン》といいます。三線の伴奏で歌をうたう習慣がだんだん入ってくると、「おもろ」の調子のものは三線にのらないわけです。短い、小唄ふうのものがのる。それが八・八・八・六の琉歌であったので、だんだん琉歌が盛んになってきました。琉歌の八・八・八・六の調子は、どこからそうなったかというと、沖縄の研究家たちは「おもろ」の中にその要素がある、と言います。「おもろ」はたくさんの数、いろんな形のものがあって音数律は一定していない。しかし、時代がたつにつれて、新しいものは琉歌風になってくる。八・八・八・六の傾きが出てくる、と見ています。だから「おもろ」の中に八・八・八・六の音数律が胚胎されていて、それが琉歌になって定着したんだ、と見る人が多い。

本土の研究家には、この説に、ちょっと首をかしげる人がいます。それだけじゃないんだ、つまり本土のほうの歌謡、近世歌謡ですね、小唄が七・七・七・五で、琉歌は八・八・八・六ですから、数はちがうけれどもこういう感じは……小唄はやっぱり三味線にのってだんだん発達していくんですから……この本土の小唄の調子が琉歌に影響してくる、沖縄の歌に影響して琉歌が定着するようになったんだ、という説をたてる人がいます。ところがその三味線というのは、沖縄を通して入ってきていますね。非常に微妙なところです。それはこれからずっと追究していくと面白いことが出てくると思います。

まあ、ぼくは両方だろうと考えるわけですけれども、主流はやっぱり「おもろ」の中から出てきたように思いますね。沖縄の土着の生活の中から琉歌の調子というものは出てきた。というのは、八・八・八・六の調子と七・七・七・五の調子はかなりちがうと思う。だからぼくは、発想がそうちがうのに、もちろん全然関係がないことはないでしょうけども、重点をどっちに置くかといえば、やっぱり沖縄の風土の中から琉歌の八・八・八・六という調子は定着したんだろうというふうに思えますね。しかし学問的にははっきりした実証でもっていわないといけないので、これからいろんな説が出てくるかもわかりません。

三味線は琉球から堺（大阪）に直接もっていったという説もあります。それと、薩摩を通って、まあ薩摩と琉球というのは、非常に密接な関係があるんですね。支配していたと同じことですが、しかし、なんか隠密な点があって、どんな関係があったかということはなかなかわからないようになっているんですね、いままで。薩摩との密接な関係を経済の面から、政治的支配・被支配の関係から追究していかないと、沖縄の歴史もわからないし、鹿児島の歴史もわからない。今のところ、それは十分なされていないんです。これからやる必要があると思います。どうしても薩摩と琉球とは、いろんな緊張関係はあるにしても他の地方よりは密接なかかわりがあるんです。なんかあるんだ。三味線も薩摩を通っていて、薩摩の人はその当時大阪にたくさん行っています。それで大阪から本土に伝わっていったんじゃないかと思われます。三味線伝来の経路というのは、そんなにはっきりしていない。三味線唄というものが、琉球と本土とに近世に入ってできるわけでしょう、本土のほうは小唄をはじめいろんな形の唄になっていくわけですし、琉球のものは琉歌になっていった。その間の関係が全然ないということもいえないと思うんですね。

そこらへんのことを研究している人がおりまして、薩摩的な琉歌があるんだという。ぼくは指宿《いぶすき》に住んでいますがそのすぐそばに山川という町があります。港があるところで、その山川の琉球人節という歌がある。薩摩の言葉でいえば「ジキジンブシ」といいますけど、それにこんなのがある。

鹿児島の館《やかた》は　(9)　字アマリ
お心よいやかた　(9)　字アマリ
おさかづくたもる　(8)
琉球でかたる　(6)

これはまったく琉歌ですよね。琉歌を琉球語でやっているんじゃなくて、鹿児島あたりの方言がまざったような言い方で言っているわけです。こういうのが鹿児島にあるんです。山川に船がよく入るから、琉球人もやってくる。鹿児島から在蕃奉行で行く藩士はいろんな用事で行くので、琉球勤務のときに琉歌をつくっている薩摩藩士もいる。そんなこともあって、琉歌の調子が薩摩に入り、大阪まできこえ、大阪からこんどは逆に鹿児島にもどってきて、それがまた琉球にもどってくるというふうなことも考えられないわけじゃない。

そういう過程の中で、琉歌が八・八・八・六の調子であるということがだんだん定着してくる。琉歌のなかには、また、前にもちょっと紹介したように仲風といって、半分はヤマト風、半分はウチナワ風みたいな形さえ出てきているんですから、本土とのかかわりを全然考えないわけにもいかない。それはいえると思います。

琉歌の種類は、和歌に短歌、長歌、施頭歌というのがあるのと同じように、琉歌にも短歌、長歌、仲風があります。それから「クドゥチ」、口説《くどき》ですね、また「つらね」があります。短歌は八・八・八・六ですね。長歌は八・八・八・八……と続いて最後を六でしめくくる。仲風は上のほうが七・五だったり五・七だったりして、あとは八・六ですね。半分ヤマト、半分ウチナワです。くどきというのは七・五で、のぼりくどき、くだりくどき、といいますね。「旅のいでたち観音堂」というふうな踊りまでついたのがありますけれども、あれはまったくヤマト調です。のぼりくどき（ヌブイクドゥチ）というのは、首里を出発して、那覇の港から船に乗って、七島灘をわたって、そして薩摩半島が見えて開聞岳《かいもんだけ》が見えて、鹿児島に入っていくという途中の道中を語りこんだ歌です。こういうものが琉歌の種類としてあるんです。

しかし、短歌が一番文学性が高いし、普及率も高い。沖縄の島々だけじゃなくて、周辺の奄美とか宮古・八重山のほうにも八・八・八・六の短歌の調子はずうっと浸透しているわけです。そして、三味線の伴奏でもって、歌には節がついている。この歌はこの節でうたうというのが。ですから読む歌とうたう歌が未分化の状態ですね、琉歌というのは。読み人知らずの歌がたくさんある。と同時に、だんだんうたう歌から読む歌のほうへ移ってきている傾向もあります。作者のはっきりしている歌があるわけですね。琉歌の作者というのが何人かいまして、中でも女のひとが有名なんですけれども、沖縄の人たちはよく知っている。

表記は「おもろ」のところでもいいましたように、「おもろ」表記を使っている。読むときにはそのまま読まない。発音はまたちがった仕方でする。そこのところが面白いし、本土の人にはまたわかりにくい。たとえば、おめでたい歌で、ぼく自身はあまりいい歌とは思いませんが、おめでたい席では必ずうたうという歌があります。

今日のほこらしやや　　キユヌフクラシャヤ
なおにぎやなたてる　　ナヲゥニジャナタティシ
莟《つぼ》でをる花の　　ツィブディヲゥルハナヌ
露行逢たごと　　ツィユノチャタグトゥ

この歌をうたったり口にだして言うときに、下のように発音するわけです。表記と読みがちがう。そこがめんどうくさいわけです。

テキストにどういうものがあるか、さきにちょっといいました。『琉歌百控』などがあって、現在でも沖縄の人たちは、わりに即興的にうたう。南の島々には歌垣《うたがき》的な要素、万葉集あたりに出てくる嬥歌《かがい》ですね、それが現在まで生きているということがあって、きもちが昂揚して嬉しいとき、お客さんが来たときには、ふっと口をついて歌をうたうわけです。節に自分の即興で作った歌をのせてうたう。そういうことがある。それはみな八・八・八・六の琉歌調になるのです。さきにいいました沖縄の復帰のときの校長さんも、自分のきもちの昂揚をすぐ琉歌でうたった。アメリカが来させないなら、「うちなわかためて　やまとわたら」というね、それは琉歌で八・八・六です。「沖縄をかついでヤマトに渡ってしまうぞ」というような歌です。

恩納ナベと吉屋思鶴

琉歌の中で個人の名、これは琉球士族でさっきいいましたような、刀も差さないで着物をきて帯を前で結んださむらいたちが、会合なんかして琉歌をよくつくったので、知られています。そういう士族たちに有名な人がいないわけではありませんが、二人の女の人がもっと琉歌で有名な人たちとして、よく挙げられます。恩納《おんな》ナベ（十八世紀頃）と吉屋思鶴《ウミチル》（一六五〇－一六六八）で、前者は百姓の娘、後者は遊廓の女なんです。ナベとかツルとかいうのは、沖縄の非常に一般的な名前で、ナベはナビィ、ツルはチル、もっとかわいらしくいうとチルーグヮーといったりします。

女の子が十人ぐらいいるところでナビィとかチルゥと呼ぶと五、六人が「ハーイ」というくらいな（笑い）ものですね。恩納というのは恩納村のナベ。吉屋というのは苗字ではなくて、遊廓の抱え主か屋号かもしれない。思鶴というのは、「かわいいおつるさん」というようないい方です。子どものことを愛称してグヮとつけますがウミングヮといったりします。この二人が二大女流歌人で、そんなにたくさん歌っているわけじゃない。どっちも二十首に足りない歌しかつくっていないわけですが、どっちも有名な人です。

恩納ナベは百姓の娘ですが、感情の昂ぶりを非常におおらかに万葉調でうたいこんでいる琉歌をつくった。思鶴のほうは境遇が不幸ですから、その不幸を怨念でもってうたっている歌が多くて、本土のほうでいえば、前者が万葉集だとすれば後者は新古今だとか、そういう調子もあるんだと理解されているようです。そのいくつかを紹介します。ぼくはこれはあまり良い歌だとは思わないのですが、大抵の琉歌の解説にも紹介されているので。恩納ナベの歌です。

恩納岳あがた　　　　ウンナダキアガタ
里が生まれ島　　　　サトゥガウマリジマ
もりもおしのけて　　ムインウシヌキティ
こがたなさな　　　　クガタナサナ

上が表記で発音は下のようになります。「恩納岳」という山があるんです。そんなに高い山じゃない、おだやかな山です。その山のむこうに。「里が」というのはウミサトゥといったりしますが、女のほうからいとしい男の人に呼びかけるときサトゥといいます。男が女に呼びかけるときにはンゾといいます。貴方という字をあてたりする。その山のむこうに恋しい人が生まれた島がある。山があるので、しょっちゅう行き来はできない。「もりもおしのけて」の「もり」と「恩納岳」とは同じですね。それもおしのけてしまって、こちら側に引きよせてしまいたいものだ、というような激しい歌だといわれています。

あちやからのあさて　　アチャカラヌアサティ
里が番上り　　サトゥガバンヌブイ
たんちや越す雨の　　タンチャクスアミヌ
降らなやすが　　フラナヤスィガ

「あちや」は明日。明日からあさってという日。「番上り」は首里に勤めに行く。休みには帰ってくるのですが、自分の好きな人があさって首里に勤めに行かなくちゃならない。「たんちゃ越す雨の」は、いろいろ説がありますが、谷茶峠《タンチャ》というのがあって、「それを越してしまうくらいの雨が降ったほうがいいのに」の意味ですね。まあ「明日はお立ちか　お名残り惜しや　雨の十

日も　降ればよい」という歌がありますが、それと同じですね。これも恩納ナベさんの歌です。

恩納松下に　　ウンナマツィシタニ
禁止の牌の立ちゆす　　チジヌフェヌタチュスィ
恋忍ぶまでの　　クイシヌブマディヌ
禁止やないさめ　　チジヤネサミ

恩納という村に松があって、村の松の下に「禁止の牌《チジヌフエ》」、禁止の高札が立った。しかし恋を我慢するような禁止ではないでしょう。恋をしてはいけないという禁止の札ではないでしょう、という歌です。

あねべたやよかて　　アニビタヤユカティ
しのぐしち遊で　　シヌグシチアスィディ
わすた世になれば　　ワスィタユニナリバ
おとめされて　　ウトゥミサリティ

「あねべた」は姉さんたち。姉さんたちはよかった。「しのぐ」という踊りがあります。沖縄の民俗的な踊りで、昔の盆踊りのように考えてもいいが、盆踊りよりももっと開放的な南方的な性格の祭りで、「しのぐ」踊りをして遊べたので、姉さんたちはよかったねえ。「わすた世になれば」は私たちの時代になると。「しのぐ」という踊りを禁止されたことがあるわけですね。いろいろ禁止事項が出てきた。そうでない者はよかったなあ、という歌。これは恩納ナベが生きた時代の琉球の社会状態に対応しているわけですからね、それとあわせて読むと、よけい読みが深くなるということができる。いくつかそういうのがあるんです。以上は恩納ナベの歌です。

もうひとりの吉屋思鶴にはまたこんな歌があります。彼女の有名になった歌です。

恨む比謝橋や　　ウラムフィジャバシヤ
わぬ渡さともて　　ワンワタサトゥムティ
情ないぬ人の　　ナサキネンフィトゥヌ
かけておきやら　　カキティウチャラ

これは比謝橋という、昔の五十八号線でしたか、広い北部のほうへ行く国道があります。それを行くと、比謝というところがある。そこに比謝川があって橋がまだ残っています。その比謝橋がかかったから、そこを通って首里のほうに売られて、遊廓に身売りされてしまった。だから比謝橋さえなければ、自分はそうして行かなくてもよかったのに、という歌ですね。比謝橋がなければいいと思わなければならないんですけれども、そういうふうに歌っている。恨めしい比謝橋、なければよかったのに。私を渡そうと思って、情のない人が架けておいたんだなあ、と怨みのこもった歌です。

及ばらぬとめば　　ウユバラヌトゥミバ
思ひ増す鏡　　ウムイマスカガミ
影やちやうもうつち　　ガジヤチョンウツチ
拝みぼしやの　　ヲゥガミブシァヌ

なかなか叶わない恋だと思うと、思いはますます増すばかり。増鏡というのは国文学の教養のある思鶴ですから、本土のほうの古典にも通暁しているので、彼女の歌の中にはそういう言葉が出てくる。せめてあの方の面影だけでも鏡にうつして拝みたいものだ、という歌です。

この人の歌は私情——万葉と新古今という対比でいえば、つまり近代的な視点というか、私情をうたったものが多い。

琉歌は名前の知られている人のものがあると同時に、「読み人知らず」というのもたくさんある。ずっと多いですね。なかなか良いのがあるんですよ、節と踊りと一緒になって。琉球のいろんな踊りは女踊りとか男踊りとかいろいろありますけれども、たとえば千鳥節という歌は、紫色の着物をきて唐笠をこうかついで、サージというハンカチの長いようなものを肩にかけて出てきて踊る。その踊りのときにはこの琉歌、この琉歌はその節で踊る、ときまっている。そういうものに読み人知らずの琉歌がたくさんあるんです。

大急ぎで琉歌を紹介しましたが、非常に数が少ないので、わりにぼくが好きな琉歌をあと四つばかり紹介しましょう。

吉屋思鶴のものですが。

流れゆる水に　　ナガリユルミズィニ
桜花うけて　　サクラバナウキティ
色きよらさあてど　　イルジュラサアティドゥ
すくて見ちやる　　スクティンチャル

これは流れる水、小川でもいいし、やり水のようなところでもいい、その水に桜花が流れているのを思鶴が見ているわけですね。その水の上に流れている桜の花びらを見ていると、あんまり美しかったから、すくってみた。それだけの歌ですけど、なんか非常にいいんじゃないかなあという気がするわけです。

歴史的につくられた歌として研究対象になる、明治以前の歌が――もちろん現在でも即興的に、あるいは意識的に琉歌がつくられるわけだけれども――現在、三千首ぐらい集められておりますね。その中で、作者がはっきりわかっているのは、千三百首ぐらいで、読み人知らずが千六百五十首ぐらいです。五六・五パーセントが読み人知らず。ですから読み人知らずの歌のほうが多い。それは琉歌の性格の上でそうなっているわけです。作者がわかっている歌は千三百首ぐらいですが、人間の数からすると三百五十六人だという研究があります。このうち役人が百八十七人。庶民――こういう言葉があるわけですけど――が百八十九人。半分ずつですね。それから女は三十三人。うちわけは、一般の普通の女の人が十人。遊女が十八人。王室関係のまあ貴族の女ですね、それが五人である、という研究があります。琉歌の性格が、そういう面からもわかると思います。

面影の歌

またもうひとつ、これは読み人知らずです。

わくの糸かせに　　　ワクヌイトゥカシニ
くり返し返し　　　クリカイシガイシ
かけて面影の　　　カキティウムカジヌ

まさて立ちゆさ　　マサティタチュサ

例によって沖縄の人たちの発音は下に記したようになるわけです。「わく」は紡いだ糸をかけるエ字型になったもの。「かせ」も「わく」のことをいうわけで、「わく」も「かせ」もおんなじですけども、また「かせ」にはたていと（縦糸）という意味があるんだそうです。織るときに縦糸をかけて、横糸をこうしてトントンというふうに織っていきますね。それで縦糸が「かせ」、横糸が「ぬき」、こう抜くわけですから、そういいます。島では「かせ」がカシ、「ぬき」がヌチになります。

「わくの糸かせに」で糸を「かせ」にかけていくのですね。「かせかけ」というような踊りもありますけれども、わくの糸かせにくりかえしくりかえし、女の人が織物をするので、糸をかけている。するとあの人の面影が立ってくるわけですね。「かけて面影のまさて立ちゆさ」、こういう言い方はよくあります。

あんま面影の
立ちまさりまさり

という歌があります。塩焼小屋の塩を焼く煙を、こうやって見ていると、母親の面影が立ちまさってくるという歌です。だんだん、こう増してくる。「まさる」というのをよく使いますが、恋しい人の面影が増すばかり。そういう歌ですね。

それから、もうひとつ。

別《わか》て面影の　　　ワカティウムカジヌ
立たばぬきめしやうれ　タタバヌチミショリ
なれし匂袖に　　　　　ナリシニヰィスディニ
うつちあもの　　　　　ウツチアムヌ

これは、もし別れてわたしの面影が立てば、つまり、わたしのことが恋しくなれば。面影が立つということを島の人はよくいいますが、恋しくなって逢いたくなったら、ということ。「ぬきめしやうれ」は、通す。さっきもいった横糸を「ぬき」というように、抜く、通すですから、着物の袖に手を通してください——あなたの着物かな、わたしの着物か、ちょっと微妙ですけど——そうすれば、わたしの身体の匂いが、「うつちあもの」、移してありますから。

まあ、非常に官能的な歌ですけれども、別れたあとで面影が立ったら、着物の袖に手を通して見てください、わたしの匂いを移してありますから、という歌です。これも読み人知らずです。

東京のどこかに琉球の料理屋で「花風《はなふう》」というのがあるかもわかりませんが——花風踊という

踊りがあります。節《ふし》にも花風節というのがあって、いくつかの節、三つぐらいの節でもって歌をうたう。その節と一組で花風踊になっている、有名な歌があります。

三重城にのぼて　ミグスィクニヌブティ
手巾持上げれば　ティィサジムチャギリバ
早船のならひや　ハイフニヌナレヤ
一目ど見ゆる　チュミドゥミユル

「三重城《ミエグスク》」ミグスィクというのは、那覇港に入る入口の南北に城《グスク》がある。ちょっと城砦みたいな、砲塁といっていいかもしれません、港に入ってくる船を監視するわけです。北のほうを三重城といって、南のほうをヤラザ杜城といった。「ミセセル」のときにヤラザ杜城の話は出てきました。沖縄の人たちがどこか大和旅《ヤマトタビ》にでも出る場合に、船が出ていくときにこの三重城に行って、さよならをするのです。「手巾」はティーサージといって、サージは手ぬぐいの細いようなものです。模様で織ってあるのがありますね。竹富島あたりでミンサー織という織り方で織ったのがありますけれども、それを肩にかけているんですね。たとえば娘を好きになったとしたら、ティーサージを贈ったり、そういうことをするんです。だから沖縄の昔の女の人は、それを掛けていますよね、そして紺の地の着物を着てね。そのティーサージを掛けているわけです。そして三重城に登って――この花風の踊りでは唐傘を持ってティーサージを掛けて踊るわけですけれども――日本のほうの古い歌でも「ひれふる」というようなことがありますね、唐津かどこかでしたが、佐用姫が船で出て行く恋人を見送るのに布切れを振る。朝鮮でもティーサージとどういう関係があるかわかりませんが、そういうさよならのイメージがある。そのティーサージをもって、見送っているのです。しかし「早船」、べつに船が早いわけじゃないでしょうけど、別れの船ですから、すぐ見えなくなってしまう。で、もう早く行ってしまう気分なんですね。「ならひ《ナレ》」は習慣というか、船は早く行ってしまうものだから、一目しか見えない、一目見たらすぐもう見えなくなってしまう、こんどいつ帰ってくるかわからない、とそういう淋しい歌ですね。

この歌は花風踊のものですから、沖縄の人はすぐわかる。踊りと節がすぐ思い出せるという仕組みになっている。これも読み人知らずです。

こんなふうに、ずいぶんいろんな歌があります。さきに南島の歌謡の区分けをした中に、抒情的な歌謡というのが、それぞれの島にあるのだ、沖縄はもちろん琉歌ですけれど奄美には島歌《しまうた》があり、宮古のほうにはシュンカニ、トーガニがあるし、八重山には節歌というのがある、そういうことを説明したのですけれども、宮古と八重山のほうは言葉がだいぶ様子がちがうし、音数律も八・八・八・六というわけにはいかない。いろんな音数律のものがあるんですけれども、琉球語でいちばん近いのは奄美と沖縄だと話しましたように、奄美の島歌は八・八・八・六がかなり入っていますね。八・八・八・六ではないほかの不定形のものもあり、奄美の場合はかなりあるんですけども、やはりそれは歴史的な奄美の地位というのもありますから、早い時期からヤマトのほうと直結したために、ヤマトからどんどんどんどん入ってきている。沖縄の場合には自主性を保ちながら入っているところがありますけども、奄美の場合は全く支配されているわけだから、選択する余裕なくどんどん入ってきている。そういうことがあって、奄美と沖縄の情況がちがってきているんじゃないのかと考えられます。

しかし、それにしても琉歌の影響というのは、奄美の場合はかなり強いですね。島歌を見ても八・八・八・六というのはたくさんあります。二つばかり紹介しておくと、こういうのがあります。

千鳥浜千鳥　　チドゥリャハマチドゥリャ
何が汝や鳴きゅる　　ヌガウラヤナキュル
阿母面影ぬ　　アンマウムカゲヌ
立ちど鳴きゅる　　タチドゥナキュル

これは奄美の出身の昇曙夢《のぼりしよむ》という人が集めて、その本に出ているんです。沖縄の琉歌は表記法が確立しているので、発音通りには書かない。しかし奄美の場合には、そういう表記法は確立してはいない。だから島の人たちが口伝えでもって次つぎに教えていく。そして或る時点で興味を持った人が文字にして記載するというかたちですから、わりにそのまま出てきていて、表記の上で統一はありませんね。しかし方言の発音に、忠実にこうして文字に表わしています。集めて文字に記載する人によって、書き方がそれぞれちがってくるわけですけれど、「千鳥」をチドゥリャというのは奄美大島でも南のほうの人です。沖縄だとチジュヤといいます。「何《ヌ》が汝《ウラ》や」は、奄美の南のほうで「おまえ」というときにウラといいます。北のほうではまたちがうし、沖縄でもそうは言わない。チドゥリャとかヌガウラヤとかいうのは、これは奄美大島の南のほうの方言そのままですね。「鳴きゅる」もそうです。ナキュル→ナチュル→ナチュンとちがっていたりする。「阿母《アンマ》」はおかあさん、「面影」は沖縄でウムカジといいますが、大島のほうではウムカゲといいます。

これは千鳥が浜辺で鳴いている、どうしてそんなに鳴いているの？　おかあさんの面影がたつから鳴くんでしょう、という歌です。まったく八・八・八・六ですね。

此間此頃《クネダクネゴロ》や
夢《イメ》繁さあたむ
肝《キム》ちゃげぬ加那《カナ》ば
拝《オガ》もち思《オモ》て

これも昇曙夢という人が収録したもので奄美大島のものです。こないだやこのごろは、最近ですね、夢をたくさん見る。「肝ちゃげぬ」というのは、まあ、なつかしいというか、可哀想とか、きもちがこう……「肝《キム》」は心ですね。「加那《カナ》」は、沖縄では女から男に言うときにはサトゥというし、男から女に言うときにはンゾといいますが、奄美では「加那」で、男からも女からも両方カナといいます。つまり、このごろよく夢を見るのは、あの人と逢いたいからじゃないだろうか、という意味の歌ですね。

こんなふうな島歌が奄美にあるわけですけれども、八・八・八・六ばかりでもなくていろんなものがあって、それはどんな理由でそうなっているかは、いまのところはっきりしない。もっと研究しないとわからないというところです。それに奄美だっていろんなところがあって、奄美大島自体でも南と北とではまったくものの言い方がちがうところがありますから、なかなかむずかしいみたいですね。

これで琉歌のところは終わりまして、組踊に入りたいと思います。

第八章

琉球の劇文学

記載文学としての劇文学

今まで琉球文学のいろいろなジャンルについて説明してきました。もともとは口承、くちづたえで伝えられてきたものを、或る時点から文字で記載するようになった。琉歌では非常に個性の強い人たちが新しくつくるかたちのものもどんどん出てきて、半分に近い数のものは作者がはっきりしています。しかしそうした、最初から文字で書いて残したものもありつつ、琉歌それ自体は口承的な性格で、どっちかというと読むよりうたう性格が強かったわけです。

ところがこの組踊というのは、ほかのものよりずっと新しい時代に新しい文学作品としてあらわれたという事情もありますけれども、これは玉城朝薫という非常に個性的な人が作ったもので、最初から記載文学として、文字で書いてテキストを作ったんですね。他の琉球文学よりその点でははっきり記載文学としての性格が強く出ている。或る意味では、文学度がいちばん高いといえるんじゃないかと思われます。

文学のジャンルを、韻文・散文・劇文学とに分けるのは、文学概論のような本を見るとみんなそう書いてあるのですが、しかしどうもストンとこう理解できるようなかたちでは入ってこないような気が、ぼくにはしますねえ。韻文と散文のわけ方はわかるんですけれども、それと同じような具合に劇文学を持ってくるのは、なにか基準のちがうものを一緒にしているんじゃないかという気がする。劇文学の中には韻文のものもあるし、散文のものもあるわけですからね。なにかもっとちがう分け方ができると思うのですけれどもね。まあ、この分け方を借りておくと、琉球文学は今まで説明したように、韻文学が非常に多い。散文のほうは非常に少ないんですけれど、劇文学というのもかなり琉球文学の中にはあるんです。どんなものがあるかというと、何といっても基本となるものは組踊です。それに狂言（チョウギン、チョンギン）があり、京太郎（チョンダラー）がある。明治以後は、沖縄芝居といわれているものがあります。これが琉球文学の劇文学として考えられるものです。

その中で、この組踊がいちばんしっかりした文学性も持っているし、歴史性も持っているわけです。そしてこういうものの中では狂言が、琉球方言文学の中で唯一の散文のものだといわれている。しかしこれは記載されたものが非常に少ない。伝承で口づたえに伝えられてきているので、まあ、ちょっとふざけた笑いの文学で、劇といっても短い。そんなに構成のしっかりした劇というのではない、軽い短いもので、村芝居とかそういうときに狂言が入る。それから明治以後、沖縄芝居というのが劇場にかかるようになったときに、その沖縄芝居の中で狂言が演じられるということがあります。沖縄だけじゃなくて奄美大島のあちこちに、たとえば諸鈍芝居《ショドンシバヤ》――加計呂麻島の諸鈍という小さな部落で昔から、歴史的な要素を若干もった芸能が演じられますけども、その諸鈍芝居の中、あるいは与論島にも若干あります。沖縄のほうでいえば宮古の多良間《タラマ》島だとか、八重山の竹富島とか与那国とかに、そういう狂言が残っているんです。しかし、それは日常語で散文で演じられるんですけれども、文章として残されるということは非常に少ない。独特なものですね。まあ本土のほうでも、そういうものはいくつもあると思います。それを文学として研究の対象にするということでは、あんまり比重は重くない。もっと芸能を研究する上での資料になるものじゃないかとぼくは考えているわけですけれど。

それから京太郎《チョンダラー》というのは、人形芝居です。なぜこう呼ぶかというと、京都から人形を動かして語ってみせる人形使いが入ってきたというのですが、どういうものか。念仏踊りというのが本土にあり（これは浄土宗だと思いますが）、その関係の人たちが人形芝居のようなものにことよせて仏の教えをひろめ、全国を行脚して歩くことがあった。これが沖縄まで行っているわけです。室町時代から行っているんですね。そして島津が琉球に入る直前に、三十人ぐらいの念仏踊りをする連中が沖縄に入った。その人たちは京都から来たというようなことを強く言って、その人形芝居は村々のかなり内部まで入っていった。いろんないきさつがあって王府の保護のようなものを獲得し、かなり自由に沖縄の中を興行してまわった。ところがそれは京都から来たんじゃなくて、薩摩からきたんだ、という説があります。つまり薩摩のスパイだったのだ、そうして沖縄の状況をずうっと調べて、一六〇九年の薩摩の琉球入りを誘導してきた。そういう言い伝えがどこまでほんとかわかりませんけど、彼らは薩摩からきたとはいわなかった。京太郎、沖縄風に言ってチョンダラー。特殊な服装をして人形を箱の中で舞わして語り物を言って……そういうものとして残っているのを京太郎《チョンダラー》といい、そこには劇的な要素があるわけです。これも文字に書かれているというものよりも、口伝えできています。

その京太郎たちが住んでいるところがあって、首里の近くに安仁屋村というところがある。まあ、おもろ主取《ヌシドリ》の世襲の家も安仁屋という家ですけれども。この安仁屋村というところに住みこんでいて、どういうんですかね、やっぱり特殊な人たちだと沖縄の人たちから思われていた。それにその中に乞食だとか、念仏踊りをする人たち、それから沖縄の人たちも生活がうまくいかなくなって沖縄の社会から脱落した場合に安仁屋村に逃げこんだという。そこには勢頭という親分がいて、つまり賤民視されていた。そんなことがあって、京太郎はスパイじゃないかと言う人たちがいるんです。これは沖縄芝居なんかにもよく出てくるんです。安仁屋村では、そういう家はだんだん無くなって、大正の頃でもう滅びてしまった。明治の頃二十軒残っていたのが、大正の頃になると三軒ぐらいになって、もうなくなった。イヤどこそこにまだ残っている……という話です。沖縄の歌劇の芝居の中に、この京太郎が出てくる。主役の片棒をかつぐかたちで、つまり賤民視されている人たちの娘が、首里の士族の若い青年と恋におちるというふうな悲劇のようなものがあります。

まあ、本土の文学とも習慣とも、いろんなかたちでつながりがありますね。ですからその辺をしっかり押さえていかないといけない。沖縄だけ特殊なものというのではなくて、何らかのかたちで本土とつながっている。本土とつながりながら、まったく本土にはないような沖縄独特のいろんな要素が出てきているように思います。

歌劇は明治になってからできたものです。明治になると琉球処分で王朝がなくなってしまいますね。組踊に従事していた王府の琉球士族の人たちの職が失われてしまう。踊奉行ももちろんありませんし、踊奉行のもとに集められて、踊りとか歌とか練習していた青年たちも職を失ってしまう。新しい政府は沖縄県庁ですから、そこに勤めるのはイヤだという連中も出てきた。仕事がなくなってしまう。そのときに自分の身についた芸で世に立っていくよりしょうがないことになって、組踊に携わっていた士族連中が、芝居をはじめた。その芝居は沖縄の伝統的なものを基としながら、本土のほうでも壮士芝居とか新劇とかいろんなものが歌舞伎のほかに起こっていたわけですから、そういうものもやはり入りこんできて、沖縄独特の沖縄歌劇というものができてきました。現在でも小さい県ですが、方言の芝居をやって興行が成り立って、何人かの座員をかかえて生活が成り立っていくというのが、ひと頃は十ぐらい劇団がありましたかねえ、他の県では考えられないことですね。やっぱり一時は琉球王国として独立した国でしたから、小国寡民であったかもしれないけれども、そういう歴史を持っていてはじめて、できるのじゃないかという気がしますね。最近はちょっと独立劇団が減ってしまっているようですが、まったくなくなったわけではなくて、いろんなかたちで残っています。

　これはしっかりしたかたちで台本が文学的研究の対象にされているというようなことではありませんけれども、明治以後いくつか歌劇の台本ができた。沖縄芝居では座長が絶対の権力を握っていますから、座長が勝手に作ってしまう。ぼくは沖縄芝居が好きだから、名瀬にいたときも、来ればしょっちゅう見に行ったんです。それが、芝居の題目というのは、はっきりしないんですね。とにかく何かやってるわけです。行って面白いから、これは何という芝居かと座員に聞いても、わからないんです（笑い）。題名はどうでもいいんですね。もしうければ続けてやる。続けてやるうちに適当な名前がくっついてくる。ぼくは非常に面白いのがあって、何だと聞いてもわからない。或る人は「村かしらと兵隊」だ、という。もう一人の人は、何とも言っていないけれどもまあ、「かしらと兵隊」でいいんじゃないですか……とわからないんですね。そんなふうで台本なんかしっかりしていない。そのときになってアドリブでやってしまうわけです。

　しかしその中でもいくつか定着したのがありまして、四大歌劇というのがあります。活字に残されたものもあるようです。いずれ琉球文学の研究対象になってくるものかもわかりません。「薬師堂」、「泊《トウマイ》 阿嘉《アーカー》」、「伊《イ》江《イ》島《ジマ》ハンドー小《グワー》」、それに「奥山の牡丹」です。この「奥山の牡丹」では、さっき言った京太郎という、差別された村の人たちが劇の中に入ってきたりする。これが四大歌劇です。

執心鐘入

琉球の劇文学の中では、組踊がいちばんしっかりした構成を持っています。玉城朝薫が作ったいきさつは前に話しましたね。琉球の王さまを正式に認めるために、明から使いがきて、「おまえを沖縄の王として封ずる」という辞令をもらってはじめて権威づくわけです。その使節が冊封使で、冊封使の乗ってくる船を冠船といった。琉球でこれを御冠船《ウクワンシン》とよぶ。五百人ぐらいが半年首里に滞在して、その間あそんでいる。首里王府は、一生懸命それを歓待するわけですが、何回か宴を設けて使節たちがゆっくりできるように、良い印象を持って帰ってくれるようにもてなすのです。そのとき、踊りなどをする。それを御冠船踊《ウクワンシンウドウリ》という。最初のときからずっとそれは何かのかたちでありました。けれども正確な記録がないのでよくわからない。冊封使は大抵、琉球にやってきますと漢文で旅行記を書いているんです。その冊封使たちの残した旅行記によって、ずうっとそういうものがあるということがわかった。しかし内容がよくわからない。

或る時期、というのは尚敬《しょうけい》（一七〇〇－一七五二）のとき、本土のほうでは元禄時代にあたるわけですけれども、御冠船踊を主宰する役人で踊奉行《ウドウイブジョー》というのがあった。この踊奉行になった玉城朝薫という人は、国文学の造詣もかなり深く、鹿児島に出た若いときに仕舞をやったという。四、五回、鹿児島経由で江戸にも行き、上方、京都・大坂にも行っているわけで、それから沖縄の事情もよく知っていた。そういう人が、新しい試みとしてお芝居をつくった。それが組踊です。

最初につくったのが一七一九年。尚敬を琉球国中山王として冊封するために、明から使節がきた。その冊封使は正使が海宝《かいほう》、副使が徐葆光《じょほこう》です。この副使の徐葆光が『中山伝信録』(一七二二)という旅行記を書いたりしているので、その記録からなどでもまだ照射することができる。要するに一七一九年、はじめて組踊をこしらえて見せたわけです。そのときの組踊は二つありまして、一つは「二童敵討《ニドウテイキウチ》」、もうひとつは「執心鐘入《シユウシンカニイリ》」。あと三つこしらえています。「女物狂《オンナモノグルイ》」「銘刈子《メカルシー》」「孝行之巻」。この五つを朝薫の組踊五番といいます。これらがいちばん、問題をふくみながらも、組踊としてはいちばん組踊らしいもの――型となって、それ以後の組踊ができあがったと考えられているものですね。

この中では「執心鐘入」の実物にあたったほうがいいと思うので、すぐ入ります。いちばん影響を受けているのは、能からですね。能だけではなくて、沖縄の伝統的ないろんな要素を、非常にうまく取り入れて、独特の世界を打ち出しているのが面白いところです。

「執心鐘入」　拍子木打候得ば歌躍出る

この冒頭は最初に作ったときのプログラムですね。[1] 最初のものは残っておらず、写本が残っていたのが、現在はそれもなくなった。写本をもとに伊波普猷さんが大正の頃に『琉球戯曲集』(一九二九)として、こういうものを活字本に記録しておいてくれた。それを手がかりにしてわれわれがこうして見ることができるんですね。

次に、「中城若松《ナカグシクワカマテイ》　名嘉地真蒲戸《ナカジマカド》」と書いてあります。これは役と最初に演じた人の名前です。プログラムだからそう書いてある。登場人物は中城若松、あるじ女、座主《ざす》、小僧三人、鬼です。そのあとに登場人物の着付が書いてある。附は芝居のト書がしてある。舞台のことも書いてあるんですね。そうしていよいよはじまる。

若松道行歌　金武《チン》ぶし　橋掛より出る

とあるのは、能の用語が使われています。

照《て》るてだや西《にし》に
布《ぬの》だけになても、
首里《しゆり》みやだいりやてど
ひちより行きゆる。

これは表記の問題でいいましたように、おもろ的表記が沖縄の文学を表記するときの型になっているわけで、組踊にもその型が踏襲されている。登場人物がこれを発言するときには、やはり、表記のままではないのです。「てだ」は太陽です。「西《にし》」は、ほんとうはイリというんですけれど、ヤマト風に「にし」と言ってますね。太陽が西に傾いて、「布だけになても」は、いろいろ解釈はありますが、結局、もう日は短くなってしまったということ。「首里みやだいりやてど」の「みやだいり」はメーデーイと発音します。御奉公、首里に勤めることなんです。「やてど」は、であって、ということですね。お勤めに行かなければいけないので、「ひちより行きゆる」、ひとりで出かけていく、とうたいながら若松が出てきて、その若松が詞をいう。

わぬや中城《なかぐすく》
若松《わかまつ》どやゆる。
みやだいりごとあてど
首里《しゆり》にのぼる。
廿日夜《はつかよ》のくらさ
行先《いくさき》やまよて、
ことに山路《やまみち》の
露《つゆ》もしげさ。

かなりヤマトグチが入っていますから、これだけでも、もうわかりますね。こういう出かたは能のやり方を踏襲している。能でも主人公が出てくると、自分はどこそこの何々にて候、と名乗りますね、それと同じです。そうがすっかり沖縄風になっているから、こういう言い方です。ご奉公で首里にのぼる。廿日夜ですから月がまだ出ない。ここのところはちょっとおかしいと言う学者もいますが、まだ月が出なくて暗いから、行く先を迷って、ことに山路で露もいっぱいあるし、どうもしようがない、という旅をして日が暮れて頼りないきもちになっている。この「執心鐘入」は能の「黒塚」(安達が原)ですね、それと安珍清姫の「道成寺」の二つを参考にしているわけです。しかしこのあとの話自体は、伝説として沖縄にあるんです。たまたま「黒塚」と「道成寺」を一緒にしたような伝説なので、そこのところうまく取り入れてある。「黒塚」で坊さんが安達が原を歩いていって日が暮れて、野っ原のある一軒の灯火が見えるので、そこに行って泊めて下さい、というところに似ているのですね。泊めてもらったところが、そこの女あるじは鬼だった。それで逃げ出す話です。

あの村《むら》のはづれ
火《ひ》の光便《ひかりたよ》て、
立寄《たちよ》やり、今宵《こよひ》
あかしぼしやの。

あの村のはずれに火の光が見える。そこをたよって今宵一晩を明かしたい。「ぼしや」というのは欲しいという字をあてますけれども、……したい、というとき「ぼしや」といいます。参考に「黒塚」の中の文句を入れますと、それは「あれに火の光の見え候ふ程に、立ち寄り宿を借らばやと存じ候」というわけです。組踊との対照で、本土のほうの文学性と琉球文学との文学性の性格というものが鑑賞できると思います。

此宿《このやど》のうちに
物《もの》しられしやべら。
旅《たび》に行暮《いきく》れて、
行先《いくさき》もないらぬ《ネラン》。
御情《おさなけ》に一夜《いちや》
からち給《たぼ》うれ。

旅に行き暮れて戻りようもないから、お情で一晩泊めて下さい、と若松がいう。若い青年です。
そうすると女が、南表の幕内にて、まだ出てこないんです。幕の中で、

たるよ夜深《よぶか》さに

「たる」は誰《だれ》、こんな夜の深いときに誰が、

宿からんでい《ユ》ふす《シ》や。

宿を借りたいといっているのですか。

親《おや》の留守《るす》やれば、
自由《じゆ》もならぬ。

親もいない、わたし一人だから、自由ではない。女一人いるところにそんな人が来たってどうしようもない。と返事しているわけです。そうすると若松という若い男が、

露《つゆ》で《デ》やん《ン》す《シ》花《はな》に

「でやんす」というのは漫画みたいですが（笑い）……関係ないんです。デンシあるいはダンソ、奄美のほうではダンソで、でさえ、だにすらさえ、と国語にもあるでしょう。それがどうにかな

って、むこうでは現在の言葉として残っているんです。奄美では現在でも、だにすらさえのことをダンソといって、残っていますよ。この歌の詞は現在のものではありませんが。「私でも」をワンダンソと日常語でいいますよ。そういうことで、露でさえも花に、ということです。

宿《やど》かゆる浮世《うきよ》、

露でさえ花に宿を貸してもらっている浮世だ、

慈悲《じひ》よ御情《おさなけ》に　ジヒヤウナサキニ

からちたばうれ。　カラチタボリ

だから私に部屋を貸して下さい、一晩泊めてくれ、と頼む。そうすると女が、

親《おや》の留守《るす》なかに

宿《やど》からち置《おきよ》て、

与所《よそ》知《し》れてわぬや

憂名立《うきなた》ちゆめ。

親が留守のときに、そんな男の人を泊めて、「与所《よそ》」は世間、世間に知れたら私は、うき名が立ってどうしますか。だからお貸しすることができない、という。すると若松が、

おやの留守《るす》てやり
自由《じゆ》ならぬでいふす《ユシ》に、
繰返《くりかへ》ちまたや

いひぐれしやあすが、
わぬや中城《なかぐすく》
若松《わかまつ》どやゆる。

みやだいりごとあてど
首里《しゆり》にのぼる。
廿日夜《はつかよ》のくらさ
行先《いくさき》も見《み》らぬ。
戻《もど》る道《みち》ないらん
行詰《いきつま》てをもの、
たんで御情《おさなけ》に

からちたばうれ。

親が留守だからといって自由にならぬとおっしゃいますが、繰り返していうけれども私は中城の若松です。勤務の都合で首里にのぼろうとしておる。しかし夜が暗くて行く先も見えない。戻る道もありません。行き詰っておるから、どうぞおなさけで、一晩貸して下さい、という。これは非常に単純化されていますので、よくわかりませんし、台本ですから、舞台で演じられるときには、いろいろしぐさが入りますね。そのしぐさまでは説明していない。詞と詞との間にはいろんなしぐさがあるんです。青年の若松と女とが初めて逢ったのか、或いは前から知っているのかどっちか、というのは議論のあるところなんです。知っていたようでもあるし、初めてのようでもあるし、なかなかわからないんです。そのわからないところが良いところじゃないかと思いますが。ここでまた名乗っているのは、前に既に馴染んでいるから、私は若松だよ、というように、女の人がわからないで親がいないから貸しませんと言っているのに対して、何をいってるの、私は若松だよ、と言うのだと解釈する人がいるわけです。

するとは女は、「女　出羽歌」になりますが、「出羽」はこのまま詠むと「では」ですね。沖縄の人はンジファーといいます。そのンジファーの歌なんです。女はそれまで舞台の蔭にかくれて言っていたでしょう。こんどは舞台に出てくるのです。歌をうたいながら、「干瀬《ひせ》に居るとりぶし」という節でもって、南表の幕から出てくる。

里《さと》と思《め》ば、のよで
いやでいふめ御宿《おやど》。
冬《ふゆ》の夜のよすが
互に語《かた》やべら。

これは、ああ、あなたでしたか。前に馴染んでいたと解釈する人はこう読むのですけれども、いやそうじゃなくて、初めての人だけれども男の人にサトと呼びかけるんだとすると、そういうのでしたら、の意味にもとれる。「のよで」はどうして、ですから、どうしていやというでしょう、御宿をお貸しします、となる。両方の可能性を考えてイメージを持ってもらって結構です。そうすると若松の詞で、

廿日夜《はっかよ》のくらさ
道《みち》まよてをたん。
御情《おさなけ》の宿《やど》に
しばしやすま。

お休みなさいと言うのだから、そういうふうにいうのだから、それじゃ一晩泊まらせて下さい、となる。

これを読んでいってもわかるように、かなりヤマト風ですね。説明しなくても大体わかるように書かれています。これは玉城朝薫の組踊の最初の頃の作品ですから、朝薫の五書の中でもだんだんあとで作るにしたがって、沖縄の土着的要素がもっとたくさん入ってくる。「孝行之巻」がいちばん最後のものと考えられているんですけれども、これとだいぶ様式がちがって、ちょっと見ただけではわからないような言葉がたくさん出てくる。そのヤマト風の要素がたくさん入っているほうが良いか、そうでない土着のほうが良いか、どっちが良いか、全然考えていないわけではなくて（笑い）、みんな考えているわけです。学者によって土着のほうが可能性があるんだとか何とか言っている。これからもいろいろ研究対象としてもまれる必要があると思います。

この組踊は最初の作品ですから、かなりヤマト風になっています。さて、若松の詞のあと女の詞につづきますが、その間にはしぐさが入っているわけですね。女の詞、

まれの御《お》行合《いきやひ》さらめ
あまく片時《かたとき》も
起《お》きれ〳〵、里《さと》よ、
語《かた》らひぼしやの。

ここは、女の人が、そんなにいつもお逢いできるもんじゃない、たまに逢ったんですから、片時も無駄にしないで寝ないで起きて下さい、お話したい、といっています。ちょっと寝るのが早すぎるわけだ（笑い）。しぐさが間《あいだ》にあって、若松はもう眠くてしょうがない。寝ようとすると、女の人が何かこう、早く寝させないで、もっとお話していたいという、やるせない素振りがあるのですね。なかなかいいところなんです（笑い）。しかしそのしぐさはここには出てきていない。以前にこの女の人と若松が知りあっているからだという説と、そうじゃない初めからそうなるのが出逢いというもんだという説など、いろいろ解釈がある。まあ、演出家だとそこをどっちに重点を置くかで、演出のちがいが出てくると思うんですけどね。

そうすると、若松の詞で、

今日《けふ》のはつ御行合に
かたる事《こと》ないさめ。

話すことはないといって、寝ようとする。そうすると女が、

約束《やくそく》の御行合や

だにす《ダニシ》またしちやれ、
袖《そで》のふやはせど
御縁《ごゑん》さらめ。

これはちょっとわかりにくいですけど、約束して逢うことは、なるほどまたできるでしょうけれども、袖がすれあうような縁、それが御縁だ。その縁というものを大事にして、折角の長い冬の夜、誰もいないところで二人だけでこうして縁ができたんだから、もっとゆっくり話しましょうよ、ということなんですね。すると若松が、

御縁《ごゑん》てす《ティシ》知《し》らぬ、
恋《こひ》の道《みち》知《し》らぬ。
しばし待《ま》ちかねる
夜《よ》明《あけ》しら雲《くも》。

そんな縁というものがあるかどうか、わしゃ知らぬ、というわけです（笑い）。恋の道なんていうものも、わしゃしらぬ。わたしは早く夜明けしら雲が見えるのを待ちかねている、夜が明けて早く首里のほうに行きたい、という。すると女が、

深山鶯《みやまうぐひす》の
春《はる》の花《はな》ごとに
吸《す》ゆる世《よ》の中《なか》の
習《ならひ》や知《し》らね。

山の中のうぐいすでさえ、春には花ごとに飛んでまわってその甘い蜜を吸っているではないか、そういうのが世の中というもんですよ、そういうことを知らないのですか、とせまる。
すると若松、

知らぬ。

という（笑い）。女は、

をとこ生《うま》れても、
恋《こひ》しらぬものや
玉《たま》のさかづきの

底《そこ》も見《み》らぬ。

若松はばかにされちゃったわけです（笑い）。これは『徒然草』にありますね。興味のある人は引いて下さい。(2) 男と生まれて恋も知らぬようなのは、さかずきの底も見えないような、ダメ男だ、といわれているんです。そうすると少しシャクにさわったもんだから、若松は、

女《をんなうま》 生れても、
義理《ぎりし》知らぬものや
これど世《よ》の中《なか》の
地獄《ぢごく》だいもの。

わかりますねえ、もう説明しなくても。これは非常にヤマト風で、これが記載文学として、文学性の高いところだと思います。口承的な要素は全然なくなって、最初から表現を考えて、練りに練って書いているわけですから、こういうかたちになっている。

するとこんどは歌がある。「干瀬に居るとりぶし」という節です。八・八・八・六になっていますね。

及《およ》ばらぬ里《さと》と
かねてから知《し》らば、
のよで悪縁《あくゑん》の
袖《そで》に結《むす》びやべが。

この辺がよくわからない。身分がちがったり、いろんなことがかけ離れていて、男の人に自分が及ばないということが、かねてからわかっておれば、どうして悪縁——なかなか読みが深いのですけれども——を結ぼうとしましょうか、と女の人が言っているんです。

前から知っているのか、どうか、どっちにでもとれるようで、なかなかむずかしいですね。これは女が、言うのではなくて、蔭のほうでうたうんですけども、この歌でもって女の人が非常にやる瀬ない素振りを琉球の踊りで表わす。ここら辺がいいところですね。すると若松、

悪縁《あくゑん》や袖《そで》に
むすばはんばからひ《べケリ》、
わ身《み》や首里みやだいり
やてど行《い》きゆる。

悪縁を結ぶとかどうとか、そんなことはもうどうでもかまわない。わたしは首里に御奉公に行くところだ、という。するとまた歌でもって、

悪縁《あくえん》の結《むす》で、
はなちはなされめ。
ふり捨《す》てゝいかは、
一道《ちよみち》だいもの。

このあいだにいろんなしぐさがあるんでしょうね。悪縁がもう結ばれてしまったから、離れようとしても離されない、というわけです。もし振り捨てていくのなら、一緒に死にましょう（笑い）。怖いですよ、女の人は（笑い）。「一道《ちよみち》だいもの」、ひとつの道だ、死んでしまおうということです。そこのところ、いろんな素振りがあるのですが、若松は逃げ出す。逃げ出して——舞台はどういうふうになるのか知りませんが、ぼくは見ていないんです、機会がなくて、——お寺に逃げこむ。

若松詞、

されく、座主加那志《ざすがなし》。

露《つゆ》の身《み》のいのち
救《すく》てたばうれ。

「されされ」は、サリサリと言いますが、さあさあ、ということです。「座主加那志」はお寺の坊さんでいちばんえらい人。逃げてきて、こんなふうに女の人に追いかけられているのですから、助けて下さい、という。座主が、

こねや　夜《よ》ぶかさに
わらべ声《ごゑ》のあすが、
いと不思議《ふしぎ》だいもの、
急《いそ》ぢ聞《き》かに。

こんなに夜が遅くなってから、「わらべ声」は子供の声ということですが、若松は十五、六歳ぐらいに想定されているんです。だからまだ恋心というものがよくわからないかもしれませんね（笑い）。で、そういう声がするので不思議だ、急いで聞いてみよう。すると若松が、

一夜《や》かりそめの

宿《やど》の女《をんな》
悪縁《あくゑん》の縄《つな》の
はなちはなさらぬ。
終《つひ》に一道《ちよみち》と
跡《あと》から追付《おひつ》き、
露《つゆ》の命《いのち》を
とらんとよ。
行《ゆ》く末吉《すゑよし》の
この御寺《おてら》、
頼《たの》まば終に
我《わ》が命《いのち》、
たんで御助《おたす》け、
わがいのち。

気がついたと思いますが、ここでヤマト調、七・五の調子が入ってきているんです。たたみかけてきているんですね。沖縄で道を走っていると、沖縄の人が、「あれヤマトンチュ」といいますが、沖縄の人はあまり走らない。チラチラと走ると、これはヤマトンチュだと。外国に行ってもそうです。飛行場かどこかでなにか目の先にチラチラっとするな、と思ったら、日本人が三、四人群れをなして走っている（笑い）。八・六と七・五の差がたいへん出ている、いいところですね。若松が命を助けてくれとたたみかけてこういうと、座主は、

あゝ、一だんな事よ、
一だんな事よ。
命《いのち》ふりすてゝ、
恥《はぢ》もふり捨てゝ、
とまいて来るばかり
たゞやいくまい。

「一だんな事よ」は、たいへんなことだ、です。「とまいて」はトゥメテで、求めて、探し求めてくるわけだから、ただではすまない。

女恋《をんなこひ》こゝろ
麁相《そさう》にども思《おも》ふな。

おろそかにしちゃいかん、というわけです（笑い）。

思積《おめつも》てからや
命《のち》も取《と》ゆん。
隠《かく》すかた無《な》らん、
むぱでいやにすれば、
見《ん》ちやる目《め》のいちやさ
わ肝《ちむ》ぐれしや。

「むぱ」は、イヤで、否といおうとすれば、見る目が痛い、見られない、たいへんなことになるから。チムグルシャというように、肝《チム》は心ですね、心が苦しい。ここのところは、同じ日本語だけれども、言い方が非常にヤマトの日本語とちがいますね。心苦しいというのを、チムグルサという。ヤマトの心苦しいとはちょっとちがうんです。距離を置いて見れば、日本語として二つの表現、使い方がある。だから日本語の表現の可能性、多様性ですね、片っぽうだけでは息苦しいので、両方あるから面白いというか、世界が広がってくるといえると思います。ですからこういうものが、日本語の表現、文学としてあるわけですから、これを広い意味の日本文学の中で取り扱わないのはおかしい。今までそれを取り扱ってこなかった。ま、そういうことが言えるんじゃないでしょうか。
で、若松、

行先《いくさき》もないらぬ
頼《たの》でわないきちやん。
慈悲《じひ》よ、わが命《いのち》
救《すく》てたばうれ。

行先もないので、頼んで私はきました。
座主、

いきやしがなわらべ
花《はな》の顔《かほ》かくち、
露《つゆ》の身《み》の命《いのち》
助《たす》けぼしやの。
戻《もど》る道《みち》ないらぬ
恋《こひ》のせめかこも

開《あ》けてかいじやうがねの
下《しちや》に隠《かく》さ。
たう〱
入《い》やうれ〱。
小僧共《こぞうども》　集《あつ》め、
番《ばん》のしめさしやう。
小僧《こぞう》どもやう
〱。

きれいな顔して、かわいそうに、帰る道がないのならば、という。「かいじやうがね」は、いろんな字を書くのですが、開門鐘、「じやう《ジョウ》」は琉球語で門のことをいう。西武門節《ニシンジョウブシ》なんていうのがあります。ジョウグチというと門の入口。「加那《カナ》が門《ジョウ》に立たば　こもてたぼれ」という歌があります。十五夜の月が照っていますね、恋人が門に来たら曇って下さい、という歌です。開《かい》門鐘《じょうがね》は門を開ける、首里の城門を開ける、時の鐘ですね。五時か六時か知りませんが、首里城のある門があって、そこの鐘が鳴ったんですね。時を告げる鐘が。その開門鐘の下に隠そうというので、さあさあ、入りなさい。そして小僧どもを集めて、番をさせよう、といって小僧どもを呼ぶ。小僧どもが、

ほう。うー

と答えて出てくる。座主が小僧どもに、

耳《みゝ》の根《ね》よあさて、
だによ聞《き》きとめれ。

耳をかっぽじって、よく聞け。

花《はな》ざかり女《をんな》
人とまいてきちも、
禁止《きじ》よ、この寺《てら》や
麁相《そさう》にどもするな。

花ざかりの女の人が、人を探してきても、

ここは女の人が入っちゃいけない、禁止してあるんだから、めったなことで女を入れるなよ。

たとひ寺内《てらうち》や
さがさはもばからひ。

たとえ寺の中にむりに入ってきて探そうとしても、

この鐘《かね》の近《ちか》く
そさうにするな
〳〵。

めったなことで鐘に近づけるな、という。小僧たちは、

おう。

と聞きますね。座主が入ってしまうと、小僧が（一）、（二）、（三）いるわけですけれども、今

度はその坊さんの悪口を言うんです。これはどこの世界でもそうでしょう。いなくなると悪口を言うわけで、先生なんかも、しゃべって帰ってしまうといろんなことを言われるわけですが、まあ、言ってもいいんですよ（笑い）。

で、小僧（一）が、

やかれよも座主《ざす》が
かじめたる若衆《わかしう》
留守《るす》ならば互に
語《かた》る嬉しや。

こういうことを言う。小むつかしい、やっかいな、うるさい坊主が、きれいな若衆を隠しておく。坊主がいなければ、お互いにいろんなこと話してゆっくりしよう、ということですね。かなり自分の仕えている坊さんを批判して言っていますね。

そうすると二番目の小僧が、

あたら花盛《はなざか》り
ひちよりしちならぬ。

若衆のことを言っています。あんなきれいな青年、一人にしてはおかない。小僧（三）が、

御縁《ごゑん》つくかたど
匂《にほひ》やうつす。

縁があって……匂いということを言っています。若い人たちについて、匂うようだ、ということをいいますよねえ。若い盛りの——ま、皆さんたちは匂っているわけで、ぼくなどはもう匂わない（笑い）。

すると最初の小僧（一）が、

いや、すいさんな小僧。

この小僧（一）がかなり辛辣ですよ。なあに、生意気なことをいうな（笑い）。で、「女道行七尺ぶし」という歌で、女が「とまいて」探してやってくる。

露《つゆ》の身《み》はやとて、

自由《じゆ》ならぬよりや、
里《さと》とまいて、互に
一道《ちよみち》ならに。

これは怖いですよ（笑い）。どうせ死ぬ露の身だから、いろんなことが自由にならないよりは、自由にして、男を探して、お互いに一緒に死んでしまおう、とこう言ってやってくるんですから。
すると小僧（三）が、

女《をんな》は法度《はつと》
〳〵。
戻れ〳〵。

女は入っちゃいけない、と、こういう。すると「七尺ぶし」の歌で、

禁止《きじ》のませ垣《がき》も
ことやればことい
花《はな》につく胡蝶《はべる》

禁止《きじ》のなゆめ。

垣を置いて、ここからこっちは入ってはいけないと言ったって、蝶々は花にくっつくのですから、垣ぐらいあったってそれを越えてきますからね、禁止したってだめだ、と言って入ってきちゃう。すると小僧（一）、

昔《むかし》から寺《てら》や
女《をんな》 禁止《きじ》さらめ、
いきやる事《こと》あとて、
とまいてきちやが。《トウメテチヤ》

昔から寺というものは女は禁止しているんだ、入れることならん。どうして、どんなことがあって男を探してやってきたのか、と聞いたわけです。と、女。

七つ重《かさ》べたる
年比《としごろ》の里《さと》に
思事《おもこと》のあてど

とまいてきちやる。

「七つ重べたる」というのは、七つを重ねると十四になります。十四の歳頃というんです。ずいぶん若いですね。十四、五の男の人がやってきているはずだ、その人に思うことがあってやってきたんだ、という。すると小僧（一）が、

尋《たづ》ねゆる里《さと》や
夢《いめ》やちやうも見《ん》だぬ。
急《いそ》ぢ立戻《たちもど》れ、
女《をんな》わらべ。

そんな男は夢にさえ見ない、居ないから帰れ帰れ。こういうわけです。すると女が、

蟻虫《ありむし》のたぐひ
情《なさけ》ある浮世《うきよ》、
是非《ぜひ》も定《さだ》めらぬ
人《ひと》の怨《ら》めしや。

蟻や虫でも情ある浮世なのに、情ないことをいう人だ。すると小僧（一）が、

うらめゆす聞《き》けば、
理《ことわり》どやゆる。
知《し》らぬふりしちゆて、
ゆるち　見《み》せら。

そういうふうにおっしゃれば、もっともだ。知らんふりして、お見せしましょう（笑い）。

小僧（二）、

あたままろめても
慈悲《じひし》知らぬものや
石《いし》か朝夕《あさゆ》さの
薪木《たきぎ》ごゝろ。

頭をまるめて自分は小僧になっているけれども、慈悲の心を知らなければ、石か薪木みたいな

ものだ。しかし自分たちは慈悲があるよ、と言っている。

小僧（三）、

座主《ざす》のとづけたる
事《こと》や忘れとて、
のよで寺内《てらうち》を
亀相《きさう》に入れる。

中にはちゃんと坊さんのいったことをきこうとする小僧もいるわけです。座主加那志があんなに言っていたことを忘れて、どうして寺の中にめったなことで女を入れるのか、と反対する。そうすると小僧（一）、これは生意気なんで、

いや、推参《すいさん》な小僧《こぞう》。

よけいなことを言うな、いいから、いいから、というわけです。すると小僧（三）は、

あたま丸《まろ》めても、

女《をんな》 花盛《はなざか》り
匂にひかされて、
をかしや〳〵。

おかしいですねえ（笑い）。すると小僧（二）が、

いや、推参な小僧《こぞう》めが。

小僧（一）が、

春《はる》の花桜《はなざくら》
色美《いろぎよら》さあすが、
またも匂まさる
梅《うめ》どやゆる。

まあ、そういうふうなことで「さん山ぶし」の歌が入り、

此世《この》をて里《さと》や
御縁《ごゑん》ないぬさらめ、
一人《ひちより》こがれとて、
死《し》ぬが心気《しんき》。

ここは女のきもちをあらわしているところで、女がだんだん物狂いになってきて、あやしげになって、男を探して歩いている。そうして、鐘の下に隠れていることに気づいていくわけです。何も書いてないが、そこに所作が入るんです、芝居では。

それで座主が、

はあ、
だいいんな事《こと》があつた。
早《はや》くにげれ、〳〵。
たう〳〵。

はあ、大変なことになった、早く逃げなさい、早く早く、というので、鐘の下に隠れた男をどこかに連れていってしまう。そうすると、その鐘を見つけて女が、

今《いま》に不審《ふしん》な
あの鐘《かね》。

と、やってくる。そして「但、此時女鐘に入《いり》、鬼に成る」。

座主、

これや
いきやしちやる事《こと》が、
〳〵。

これはどうしたことか。「いきや」と表現してありますが、沖縄の日常の話言葉では、チャースガといいます。そうすると小僧たちがあわててしまう。女はもう鬼になっているのですからね。

鬼《おに》の〳〵。

といって、どうしていいかわからない。そうすると座主が、ほれたか。

惚れたんじゃないんですよ（笑い）。気が狂《ふ》れるの「狂《ふ》れたか」が、表記でこうなっちゃってるんです。小僧（二）、

鐘《かね》の〳〵。

座主、

ふれたか〳〵。

小僧（一）、

禁止《きじ》もきじらゝぬ、
とめもとめらゝぬ、
若衆《わかしう》尋《たづ》ねたる、

女《をんな》わらべ。
寺《てら》の内《うち》を探《さが》ち、
あはぬ恨《うら》めしやに、
鬼《おに》になて鐘《かね》に
まとひつちやる。

鬼になって鐘にまといついてしまった。座主が、

おれよ〳〵。
とづけたる事《こと》や
麁相《そさう》にしちをとて、
かにやることしぢやち、
いきやがしゆゆら。

ちゃんと言い付けたのに、とんでもないことをして、こんなになったじゃないか、と怒っている。

たう〳〵、
なまからや
いきやいちも
ならぬこと。

今からは、どんなこと言ったって、もうしかたがない。ならぬことだから、
法力《はふりき》よ尽《つく》ち、
お経でもあげて、
祈《いの》りのけらうよ、
たう〳〵。

というので、そこで小僧たちが、
おう。

というふうに聞いて、

東方《とうばう》に降三世明王《がうざんぜみやうわう》、
南方軍荼利夜叉明王《なんばうぐんだりやしやみやうわう》、
西方大威徳明王《さいはうだいゐとくみやうわう》、
北方金剛夜叉明王《ほつばうこんがうやしやみやうわう》、
中央大聖不動明王《ちうあうだいしやうふどうみやうわう》〳〵。

というようなことを言い出すわけですね。

曩謨三曼多嚩曰羅南《なまくさまんだばざらだ》、
旋多摩訶嚕遮那《せんたまかろしやな》、
娑婆多耶吽多羅吒干輡《そばたやうんたらたかんまん》、
聴我説者得大智恵《ちやうがせつしやとくだいちゑ》、
知我身者即身成仏《ちがしんしやそくしんじやうぶつ》。

とお祈りをして、「いのりに取付候時、笛太鼓小鼓にて拍子有る。橋掛にをさまる。」とあって芝居が終わる。これが組踊です。

そういうものが王朝時代にあったわけですが、現在、沖縄本島の他に、離島に組踊がいくつか残っている。いつ頃その地方に伝播して行ったかという問題があるんですけれども、或る研究家は、どうしても明治以後としか考えられない、つまり王城府がなくなってしまって、琉球処分でもって沖縄県になった。すると組踊などに従事していた士族たちが職を失ってしまって地方に流れていったりなんかしたときに、組踊関係の人たちが組踊を持って地方をまわり、地方の村芝居化したものが、現在地方に残っているんだ、と言います。写本があちこちの離島にあるんで、それを研究すると、明治以前のものはほとんどない。どうしても、明治の以前に伝わっていったとは考えられない、という研究があるんです。

上平川蛇踊り

ところでぼくは奄美に長くいましたが、奄美の中に沖永良部という島があり、そこに「蛇踊り」と称するものがある。これは芝居というより踊り、村踊りの中の一つで、知名《チナ》町の上平川という部落に残っているものです。そこの民芸の踊りだというふうに理解されてきていたんです。

或るとき、ぼくは実際に見たわけではないんですが、それをテープにとったものを聞いた。それを聞いたところが、どうしても組踊みたいなんですね、それで、外間守善さんが『南島古謡』（『日本庶民生活史料集成』第十九巻、三一書房、一九七一）を編纂するので奄美に来たとき、外間さんにそのテープを聞かせて、こういうものがあるけれども、どうも組踊くさい、といったら、外間さんも聞いて、どうもそうらしい。それで三一書房の『南島芸能』（『日本庶民文化史料集成』第十一巻、一九七五）という奄美・沖縄・宮古・八重山関係のものを集成した大きな本が昨年できたんですけれども、その中に組踊なんかみんな入れたんです。そのとき、これも入れようというので、参考品のようなかたちでこれを載せたんです。載せるために、ぼくはまた永良部に行って、もちろんテキストなんかありませんから、関係者に聞いたりなんか、いろんなことをして文字に起こしたんです。それが一番最後にある「上平川蛇踊り」。これは上平川という、土地ではヒュウといっている。ヒュウの部落です。上はあとでついた。平川が大きくなったから、上平川で、もともと平川《ヒュウ》です。ヒュウの蛇《ジャ》踊り、とこういう。

上平川部落の伝承では、三百年ほど前に上平川の人が沖縄に行こうとして中国に流れ、中国で蛇踊りみたいなものを見たので、それを覚えて帰ってきた。帰りにまた沖縄を経由して帰ってきた。帰ってきて、こういうものを伝えてこしらえたという。三百年といいますが、これは伝承ですから、はっきりした根拠がどこにあるのかわかりませんね。まあ少なくとも明治以前、もしかしたら、旧藩時代、こっちのほうでいえば、鹿児島藩の時代、沖縄でいえば王朝時代になる。奄美でも与論と沖永良部というのは、方言も沖縄に似ていて、徳之島・奄美大島とちょっと様子がちがう。民謡でも音楽でいう旋法がちがうという。で、永良部の人たちは沖縄の方言をすぐ覚えやすいですね。

ぼくは神戸にもいましたけれども、神戸の上筒井に筒井八幡の神社があるんですが、芸能・芝居をするというので見に行くと、沖縄芝居をやっていました。氏子にたくさん沖永良部出身の人がいるんですね。沖縄の人がやっていると思ったら、永良部の人が沖縄芝居をウチナワグチでやっているんです。ですからかなりなもんですね。ぼくが行ったとき、永良部に沖縄の劇団が一つありました。今はなくなりましたけれども、半分沖縄の人、半分は永良部の人でやっていました。沖縄と永良部は往き来がかなり頻繁ですから、何かのかたちで移ってきたとしか思えないですね。

永良部の世の主という、永良部を治めた人がおりましてね、もちろん薩摩藩が入ってくる前の話です。中世の頃、本土のほうでいえば室町時代、永良部の世の主という島の支配者がいましたけれども、これは北山王——三山対立（北山・中山・南山）の——の北山王の次男か三男かが、沖縄から永良部にやってきたんだという、言い伝えがあるんです。まあ、そういう関係があったということですが、三百年前というと玉城朝薫が組踊を作った頃と同じ頃になってしまうので、三百年というのはちょっとサバを読んだもので、それより後だと思います。

そして、この「上平川蛇踊り」をよく読んで見ると、いま紹介した「執心鐘入」と非常によく似ている。これはテキストもなんにもなくて、口伝えで言っているだけですから、言っている人自体、現在では何の意味かわからない言葉もでてきている。それに沖縄の言葉と永良部の方言とが、ごっちゃまぜになっているんです。

登場人物
ぼうじ（坊主）一人
くじゅう（小僧）六人
ゆうりい（幽霊）一人、若しくは二人

坊主が最初出てきて、

わんどぅ　やまとぅ
じゅうさんに　ちみたぬ
ぼうじ

私はヤマトにどうとかした、坊主であると自分で名乗っているんですね。組踊は能の様式をとって、「わぬや中城　若松どやゆる。」と最初に述べて自分の素姓を明かしていますが、それと同じことです。

くんどぅ　うちにゃん　くだてぃ
やまでぃらん　かきてぃ　ちゅうや
いなかにんけぇ　とぅくるにんけぇ
いかにば　しまん　くじゅゆしてぃ
てぃらばん　ゆう　いいちきらにば
ならん　くじゅよ　くじゅう

これはさっきあったでしょう。小僧を集めてよく言い付けて、中城若松を守らなくちゃいけない、「小僧共集め、番のしめさしやう」というと小僧どもが「ほう。うー」といって出てきますね、そこのところですよ。「くじゅゆして」は小僧を集めて、「てぃらばん」はお寺の番を、「ゆう」はよく、「いいちきらにば　ならん」はいいつけなければならない。「くじゅよ　くじゅう」と呼ぶと小僧が、

うー

といって出てきます。そして坊主が、

くん　てぃらや　むかしから　ぅんな
きじぅんな　いちにんとぅむ
いんなゆ　くじゅう

つまり、女は禁じてあるから、女は一人も入れるなよ、とあったでしょう。あれと同じです。

小僧が、

ぅー

坊主、

てぃらばん　ゆう　しちゅりゆ　くじゅう

寺の番を、よくしておれよ、小僧。すると女の幽霊が出てきます。

なま　いじる　わみや　えーしだきぬ
ゆうりいよ　たまくがにさとぅが

いくとぅばぬ　ありば　さきょうぬふぁし
ひるく　わたいぐるしゃ
くんてぃらぬちょうろめ　むぬゆ
うんぬきゃぶら　たびぬむる《（ん）》でむる《（ぬ）》
やど　からち　たぼり

ここもやっぱり、自分は幽霊であるぞーといって出てくるわけです（笑い）。ごぢゃぐぢゃと言ってますが、まあ要するに、私はここに来たんだ。「たまくがにさとぅ」は自分の男のことを言っているわけで、「いくとぅば」は言い付けがあるので、……ちょっとそのさきはわからないのですけれども、……この寺に来てものを言おうと。「たびぬむるでむる　やど　からち　たぼり」は、中城若松が宿を借りるときの調子ですね。そうすると小僧が、

さてぃ　うんな　くんてぃらや　むかしから　ぅんな　きじうんな　いちにんとぅむ　ならん　ならん

ここもさっきとまったく重なりますね。泊められない。

幽霊、

じひや　ぅなさきに　からち　たぼり

「執心鐘入」のほうではこれは中城若松が言っていますね。ここでは幽霊がいう。
それで小僧、

さてぃ　うんな　うたうどぅい　だんだん　するや　いちや　あかさ

もし、歌や踊りを、いろいろするならば、一晩貸してもいい、といって、そこで泊めてやって、

たまくがに
さーさとが
いくとぅばぬ
あーあれば
よーしゅら　じゃんなよ

と歌をうたうわけです。小僧は眠くなってしまうんです。女の人が魔力をかけて小僧たちを眠

らせる。この上平川の蛇踊りのほうは、どうして女がこの寺にやってきたか、はっきりしません。「執心鐘入」のほうはテーマがはっきりしている。能の「道成寺」もはっきりしていますが、この「蛇踊り」では、もう田舎のほうに移ってきて、何かわけがわからなくなっているんです。

小僧は眠くなって、

うきとぅりよ
うきとぅりよ

起きとれよ、起きとれよ。眠っちゃいけないんです。するとまた歌をうたってる。

さきょうぬふぁしぃ　ひるく　わたいぐりしゃ……

すると小僧は、

うきとぅりよ
うきとぅりよ

また歌で

さきょうぬふぁしぃ……

とうたっている。そうするとそのうちに女がいなくなってしまう。小僧がハッと気がついて、

いゃ　くま　いた　ぅなぐや　まいたか
くまいた　ぅなぐや　まいたか……

「くま」は、ここ。ここにいた女はどこにいったか、というわけです。
そこへ坊さんが帰ってきて、

はい　くじゅう　なにぐとぅか

小僧、

くん　かにぬ　したに　ぅんなが　ごろえ

この鐘の下に女がおります、と小僧がいうと、

さぁ　さぁ　いじるとぅむむるとぅむ
きむ　するち　いにゅ　あぎり

ま、簡単になっているんですけれども、もうともに心をそろえて、祈りをあげようと坊さんが言っています。そして、

にょうにょうわ
にょうにょうわ
にょうにょうわ

というんですけれども、これはやっぱり「執心鐘入」のところに「東方に降三世明王、……明王、……明王」と、みようおう、みようおうと聞こえたので、恐らく永良部の人たちは「にょうにょうわ　にょうにょうわ」と（笑い）。坊主と小僧が一緒になって、

たーらとぅ　さーばく　さーばん　だーらん　にょうにょうわ……

と、これは意味がわかりませんけれども、やっぱり「曩《な》謨三《まくさ》曼多《まんだ》嚩《ば》曰《ざ》羅《ら》南《だ》、……」がこうなってきこえたんだろうと思いますね（笑い）。なかなか面白いですね。

坊主、

てぃらじょうにむ　いらん
じごくにむ　いらん
わが　ゆきいった
とぅくるわ
すっとぅゆき
すっちぬ　くよ
すっちぬ　くよ

何のことだかわからない。まあ、蛇になって暴れる芝居があるわけですけれども、それが退散する。それで小僧が、

うれしいや
うれしいや

坊主、

すっちぬ　くよ
すっちぬ　くよ

小僧、

うれしいや
うれしいや

で幕が降りる、というようなものです。非常に簡単なものですけれども、どうしても「執心鐘入」と重ねて、あわせて見るのでなければ、しょうがないようなところがありますね。これはやっぱり組踊の地方伝播の一つの証拠だと思います。テープに入れてありますが、これを聞いて今回の終わりにしましょう。

（省略）

こういうものです。小さな島のほんとに小さな部落で、こういうものが残っているというのは、やっぱり組踊がなんらかの経路でもって移って行ったと考えるほかにない、まあ、そういうものだろうと思います。

（終わり）

注釈

「一、原注」「二、構想メモより」は、本文草稿と同様、著者の遺稿としてかごしま近代文学館に保管されている、原稿用紙八枚に記された内容をもとに作成しました。幻戯書房編集部による補足を、〔 〕に示しています。「三、編集部注」は、本書刊行にあたり新たに付加したものです。

一、原注

【第一章】

＊1 『日本南方発展史』

＊2 中国・朝鮮・日本の橋渡し。

＊3 東南アジア貿易の実際の証明書の名〔↓半印勘合執照〕。

＊4 『歴代宝案』の発見のいきさつを書いた書物名。

＊5 当時の沖縄の人口。十万という説の特定者。

＊6 三十六姓の移住に刺激され、琉球王国の士族以上に唐名と呼ばれる姓が授けられ、その数は四百七十九姓だという〔真栄田義見・三隅治雄・源武雄編『沖縄文化史辞典』東京堂出版、一九七二〕。

＊7 或る熱心な歴史家(『歴代宝案』を発見した人)

〔→仲元英昭〕。

＊8 ポルトガルの文書の中のレキオス、ゴーレス〔→著名なものとして、トメ・ピレス『東方諸国記』に見られる。一五一三年頃執筆／岩波書店、一九六六〕。

＊9 その期間は短かったが、そのあいだに政治の機構は、臨時北部南西諸島政庁、奄美群島政府、琉球政府奄美地方庁と三度変遷し、いずれにしても、沖縄、先島との全体意識の中で、奄美の島嶼伝統文化が非常に復活するという現象が起きた。

＊10 沖縄・奄美・先島（宮古、八重山）の地域の総称として琉球弧という地理学上の述語を私は援用している。

＊11 国分直一氏〔一九〇八‐二〇〇五〕の「倭と倭人の世界」という沖縄タイムス社のホールでの講演の中できいた。

＊12 日本書紀などに蝦夷、南島と併記した箇所が所見できず。

【第二章】

＊1 しかし屋久の古称の夷邪玖と琉球とは名辞の根が同じではないかという問題が残る。

＊2 湊正雄・井尻正二『日本列島』（岩波新書、一九五八）の初版本であったと思う。

＊3 昭和五十二年〔一九七七〕の夏の頃から、「CTS阻止闘争を拡げる会」〔金武湾における石油備蓄基地（CTS）建設阻止を訴えた会〕から「琉球弧の住民運動」と題する機関誌が発行されはじめた〔→機関誌は九〇年まで刊行。一部、『琉球弧の住民運動』三一書房、一九八一として単行本化／完全復刻版、合同出版、二〇一四〕。

＊4 一六〇九年の島津の琉球入りのあとで奄美の島々は薩摩藩の直轄となった。

二、構想メモより

【後記】
○文学というより
○琉球弧について
○奄美を視野にして
○琉球・沖縄の使い方

【参考文献】
（文学論）
小野重朗『琉球文学』弘文堂書房、一九四三
嘉味田宗栄『琉球文学序説』沖縄教育図書、一九六六
外間守善編『鑑賞日本古典文学25　南島文学』角川書店、一九七六
池宮正治『琉球文学論』〔↓沖縄タイムス社、一九八〇？〕

（海外貿易）
安里延『日本南方発展史　沖縄海洋発展史』三省堂、一九四一
小葉田淳『中世南島通交貿易史の研究』日本評論社、一九三九
（歴史書）〔見出しのみ〕

三、編集部注

【第一章】

（1）『歴代宝案』は当初二部作られ、一部が王府に、一部が久米村に収められた。王府本は廃藩置県後、明治政府により内務省に移されたが、関東大震災（一九二三）で焼失。一九三一年、久米村本の発見後、複数の写本が作られた。一九四五年、太平洋戦争中の沖縄戦により、久米村本も焼失。現在は県立図書館本などの副本・写本が残されているほか、校訂本・訳注本（沖縄県立図書館史料編集室編・沖縄県教育委員会発行、一九九二〜）が公刊されている。

（2）沖縄県の人口は一九七六年十月当時、百五万八千七百三十五人。二〇一七年三月現在、百四十四万三千八十人（沖縄県企画部統計課人口社会統計班調べ）。

【第二章】

（1）霜多正次『ヤポネシア』単行本は新日本出版社、一九七八年刊。

【第三章】

（1）ヨーゼフ・クライナー（Josef Kreiner）。一九四〇年、オーストリア生まれ。一九六一年ウィーン大学卒業後、東京大学東洋文化研究所へ留学。翌六二年、柳田國男の勧めにより加計呂麻島に滞在。その後、ボン大学主任教授、法政大学特任教授などを歴任。当時の写真は『加計呂麻島　昭和37年／1962──ヨーゼフ・クライナー撮影写真集』（南方新社、二〇一六）として刊行されている。

（2）『屋良朝苗回顧録』は一九七六年、「沖縄タイムス」一九七六年連載後、翌七七年に朝日新聞社より刊行／一九八五年、沖縄タイムス社より『激動八年　屋良朝苗回想録』として改題再刊。

（3）真珠湊碑文の石碑は首里城・守礼門の南東側に建てられていたが、一九四五年の沖縄戦で破壊、二〇〇六年に復元された。ヤラザ杜城石碑の碑文は早くから磨滅したとされる。ヤラザ杜城の遺構は敗戦後、アメリカ軍用地として取り壊され、現在も那覇軍港の一部として民間人の立ち入りは禁止されている。

【第四章】

（1）編集部注第三章（1）を参照。

【第五章】

（1）一六〇九年の島津入りの後、琉球王国の政治家・羽地朝秀《はねじちょうしゅう》（唐名・向象賢。一六一七－一六七六）が編纂した、琉球王国初の正史『中《ちゅう》山世鑑《ざんせいかん》』（一六五〇年成立）に、舜天が源為朝の子であるとの記述がある。

（2）原注第一章＊8を参照。

【第八章】

（1）伊波普猷『校注琉球戯曲集』収録の「執心鐘入」冒頭には、次頁図版のように記されている（『伊波普猷全集』平凡社、一九七四年より）。

（2）『徒然草』第三段に、「万《よろづ》にいみじくとも、色好まざらん男は、いとさうざうしく、玉の巵《さかづき》の当《そこ》なき心地ぞすべき」とある。

（3）島尾敏雄が取材した「上平川蛇踊り」は、『島尾敏雄全集』第十七巻（晶文社、一九八三）にも収録されている。また、踊りは一九八四年、鹿児島県無形民俗文化財に指定され、現在も上演されている（二〇一七年二月、国立劇場おきなわで「執心鐘入」とともに上演）。

六　番　此時組躍札懸る

執心鐘入　拍子木打候得ば歌躍出る

中城若松　名嘉地真蒲戸　　あるじ女　末《すゑ》吉《よし》

座主　浜元里之子親雲上　　小僧　東風平里之子

同　宜野山里之子　　同　武《たけ》村《むら》子《し》

鬼　宮里筑《ちく》登《ど》之《の》

○玉城朝薫作。

○この組躍の型については、附録「組踊の型」参照。

○謡曲「道成寺」「安達原」と比較せよ。

着付、若松、髪半向頭巾、金花並金銀水引差、あみ笠かつき、板〆縮緬振袖袷衣裳、裏緋さや脚絆、緋さや足袋、杖持。女、かつら髪にかつら巾、琉縫薄衣裳、緋さや足袋、蠟燭持、中入より笠持出る。座主、髪黒繻子もつ、紫縮緬衣《ころも》、金襴けさ、水晶数珠、末広持、足袋。小僧三人、髪黒繻子もつ、玉色さや衣、三人数珠持、足袋。鬼女の時、盤若面鉄丁下着白羽二重銀之鱗形上着、琉縫薄衣裳、緋さや足袋。

附、淫女容貌相変、笠なげ捨て、鐘に入、鬼入替り、段々業有る。

若松道行歌　金武ぶし　橋掛より出る

照《て》るてだや西《にし》に　Tiru tida ya nyishi nyi
布《ぬの》だけになても、　Nunu daki nyi natin,
首里《しゆり》みやだいりやてど　Shuyi myadeyi yati du
ひちより行《い》きゆる。　Fichuyi ichuru.

琉球国王王統一覧

（　）は在位年。第一・第二尚氏の○数字は王位代数を表す

舜天王統

舜天（一一八七―一二三七）―舜馬順熙（一二三八―一二四八）―義本（一二四九―一二五九）

英祖王統

英祖（一二六〇―一二九九）―大成（一三〇〇―一三〇八）―英慈（一三〇九―一三一三）―玉城（一三一四―一三三六）―西威（一三三七―一三四九）

察度王統

察度（一三五〇―一三九五）―武寧（一三九六―一四〇五）

第一尚氏王統

①尚思紹（一四〇六―一四二一）―②尚巴志（一四二二―一四三九）―③尚忠（一四四〇―一四四四）―④尚思達（一四四五―一四四九）―⑤尚金福（一四五〇―一四五三）―⑥尚泰久（一四五四―一四六〇）―⑦尚徳（一四六一―一四六九）

第二尚氏

①尚円（一四七〇―一四七六）―②尚宣威（一四七七）―③尚真（一四七七―一五二六）―④尚清（一五二七―一五五五）―⑤尚元（一五五六―一五七二）―⑥尚永（一五七三―一五八八）―⑦尚寧（一五八九―一六二〇）―⑧尚豊（一六二一―一六四〇）―⑨尚賢（一六四一―一六四七）―⑩尚質（一六四八―一六六八）―⑪尚貞（一六六九―一七〇九）―⑫尚益（一七一〇―一七一二）―⑬尚敬（一七一三―一七五一）―⑭尚穆（一七五二―一七九四）―⑮尚温（一七九五―一八〇二）―⑯尚成（一八〇三）―⑰尚灝（一八〇四―一八三四）―⑱尚育（一八三五―一八四七）―⑲尚泰（一八四八―一八七九）

関連年表

五〇〇　この頃、稲作伝来
六一六　この頃、掖玖《やく》人が大和に漂着
七五三　鑑真らを乗せた遣唐使船が阿児奈波《あこなは》島（沖縄本島）に漂着
一〇五一　陸奥国で前九年の役起こる（〜六二）
一〇八三　陸奥国・出羽国で後三年の役起こる（〜八七）
一一八七　舜天が初代琉球国王に即位したとされる
一一八八　天野遠景による喜界島征伐があったとされる
一一八九　奥州合戦により奥州藤原氏滅ぶ
一二六〇　英祖が舜天王統・義本より王位を禅譲され、即位したとされる
一三一四　この頃、三山対立したとされる
一三四九　中山王・察度が英祖王統・西威を倒し、即位したとされる
一三七二　察度、明との朝貢貿易を開始
一三八〇　南山王、明へ朝貢
一三八三　北山王、明へ朝貢
一三九二　明より閩《びん》人（久米三十六姓）が帰化
一四〇四　明より最初の冊封使、来琉
一四〇六　尚巴志、察度王統・武寧を倒し、父・尚思紹が中山王に即位。第一尚氏王統はじまる
一四一六　北山滅亡とされる
一四二九　尚巴志が南山を滅ぼし三山を統一、全島を統一
一四五三　王室の内紛で志魯《しろ》・布里《ふり》の乱が起こり、首里城全焼
一四五八　護佐丸《ごさまる》・阿麻和利《あまわり》の乱が起こる
一四六九　第一尚氏・尚徳の死後、尚徳の家臣・金

丸（尚円）が即位。第二尚氏王統はじまる
一五〇〇　八重山で赤蜂の乱が起こる
一五二二　真珠湊石碑建立
一五三一　『おもろさうし』第一巻編纂（のち一六一三年第二巻、一六二三年第三巻以降編纂）
一五四二　ポルトガル船が琉球王国に漂着。翌年、種子島にも漂着し、以降「南蛮貿易」始まる
一五五四　ヤラザ杜城石碑建立
一五七〇　琉球王国、東南アジア貿易から撤退
一六〇三　袋中来琉（のち『琉球神道記』著す）
一六〇六　島津家久、徳川家康より征琉許可
一六〇九　薩摩藩の軍勢が首里城を占拠。以後、支配下に入る。尚寧、薩摩に抑留される
一六一一　尚寧、帰国を許される
一六三四　徳川将軍への使節として慶賀使・恩謝使はじまる
一六三七　宮古・八重山で人頭税が制度化
一六四九　この頃、明が滅亡し、清からの使者が来琉
一六五〇　羽地朝秀『中山世鑑』を著す
一六六〇　失火で首里城焼失
一七〇一　蔡鐸《さいたく》『中山世譜』編纂
一七〇三　『仲里旧記』作成
一七〇九　首里城火災の際、『おもろさうし』原本焼失
一七一一　識名盛命『混効験集』編纂
一七一三　『琉球国由来記』編纂
一七一九　玉城朝薫作「二童敵討」「執心鐘入」、冊封使歓待の宴で上演。組踊の初演となる
一七二一　冊封使の徐葆光が明から琉球王国への旅を『中山伝信録』に著す
一七三四　平敷屋朝敏が三司官・蔡温を中傷したとして捕らえられ、処刑される
一七五六　田里朝直「万歳敵討」、冊封使歓待の宴にて上演
一七九五　『琉歌百控』編纂（のち九八年、一八〇二年にも）
一八四六　イギリス人宣教師ベッテルハイム来琉
一八四七　琉球開港
一八五〇　名越左源太、奄美に配流

一八五三　ペリー、那覇に来航
一八五四　琉米修好条約締結
一八五九　牧志・恩河事件が起こる
一八六七　日本本土で大政奉還、王政復古。翌年、明治改元
一八七二　日本政府が琉球藩を設置
一八七七　伊地知貞馨『沖縄志』刊行
一八七九　廃藩置県。奄美諸島は鹿児島県に編入。琉球藩は廃され沖縄県設置
一八八一　上杉茂憲、沖縄県令となる（〜八三）
一八八五　田代安定、沖縄の旧慣調査を実施
一八九二　中村十作、宮古島へ。その後、城間正安とともに人頭税制度廃止運動に関わる（一九〇三、制度廃止）。奈良原繁、沖縄県令となる（〜〇八）
一八九三　笹森儀助、琉球弧の諸島を調査（翌年『南嶋探検』刊行）。田島利三郎、沖縄県尋常中学校の国語教師として赴任、教え子に伊波普猷がいた
一八九八　岩崎卓爾、石垣島測候所技手となる。田島利三郎『琉球語研究資料』刊行
一九〇六　加藤三吾『琉球の研究』刊行（〜〇七）
一九〇八　間切制（旧来の行政区画制度）が廃止され、「沖縄県及び島嶼町村制」が施行
一九一二　沖縄県初の衆議院議員選挙。山内盛彬、安仁屋真苅よりおもろ節を採譜
一九二〇　柳田國男、沖縄を訪ねる
一九二一　折口信夫、沖縄を訪ねる（その後、二三年、三五年にも）
一九二九　伊波普猷『校注琉球戯曲集』刊行
一九三一　『歴代宝案』久米村本が発見される
一九三八　柳宗悦、沖縄を訪ねる（その後、四〇年まで四度）
一九四一　安里延『日本南方発展史』刊行
一九四五　沖縄戦でアメリカ軍の支配下に置かれる。首里城焼失
一九四六　志喜屋孝信、初代沖縄民政府知事に選出
一九五〇　琉球大学開学
一九五一　サンフランシスコ講和条約、日米安全保障条約調印
一九五三　奄美諸島、日本本土復帰。戦時中にアメリカに持ち出された『おもろさうし』尚家本、ペ

リー提督来琉一〇〇周年記念として返還される
一九五七　仲原善忠『おもろ新釈』刊行
一九六四　島袋盛敏編纂『琉歌大観』刊行
一九六五『沖縄県史』刊行開始（～七七）
一九六七　大城立裕、「カクテル・パーティー」で芥川龍之介賞受賞
一九六八　屋良朝苗、琉球政府行政主席となる（七二年、復帰後初代県知事選に当選し七六年まで就任）。島袋盛敏・翁長俊郎編纂『標音評釈琉歌全集』刊行。鳥越憲三郎『おもろさうし全釈』刊行
一九七一『日本庶民生活資料史料集成19　南島古謡』刊行
一九七二　東峰夫が「オキナワの少年」で芥川賞を受賞。沖縄県、日本本土復帰
一九七三　沖縄特別国体開催
一九七四『伊波普猷全集』刊行（～七六）
一九七五　沖縄国際海洋博覧会開催。『日本庶民文化史料集成11　南島芸能』刊行
一九七六『鑑賞日本古典文学25　南島文学』刊行
一九九二　首里城正殿等復元、首里城公園開園
一九九六　又吉栄喜が「豚の報い」で芥川賞を受賞
一九九七　目取真俊が「水滴」で芥川賞を受賞
二〇〇〇　九州沖縄サミット開催。「琉球王国のグスク及び関連遺産群」、世界遺産として文化遺産に登録

（外間守善『沖縄の歴史と文化』中公新書、一九八六／宮城栄昌『琉球の歴史』吉川弘文館、一九七七／安里進ほか『沖縄県の歴史』山川出版社、二〇〇四などをもとに作成）

編集者からの書簡

高橋　徹

昭和五十二年（一九七七）一月二十三日
島尾敏雄様

御葉書ありがとうございます。筑摩の本ならびに小冊子二冊御恵送いただきました。こころに染み入ることば、その精神の形相に、ふかく感じ入っております。「琉球文学論」は、ようやく半分までテープを起しました。四百字にして１３０枚ぐらいです。全体で３００枚たらずになると思われます。二月中旬にはすむものと思っていますが。毎日テープを耳にして、先生の若々しい声の迫力にうたれ、「おもろさうし」「南島文学」など、面白くてたまりません。はやく、いい本にしたいと思います（相当手を加えていただかなければならないでしょう）。

吉本〔隆明〕さん、元旦に神経痛をぶりかえしてガックリしたもようです。私、30日に多摩ニュータウンに引越します。伸三さんにお手伝いをたのみました。皆さま、お元気で。

昭和五十二年二月五日

島尾先生

テープ起しのすんだ分をお送りします（私の方にコピーをとってあります）。「おもろ」「琉歌」「組踊」が残っています。

講義でとりあげた作品の他に、巻末に資料として加えるべきものなど、考えていただきたいと存じます。

なるべく早目に刊行できれば幸甚なのですが、２００頁前後で千円（未満）程度の本として、５０００部ぐらいは見込みたいところです。

テープを起した分について、章の割り方、見出しのつけ方を考えようと思いましたが、ととのわぬままにお送りします。それぞれの区切り方のところで、原稿をとじてあります。仮に章だてをしますと、

１　なぜ「琉球文学」なのか

２　「琉球語」と「琉球弧」

３　琉球文学の特色

４　南島歌謡のいろいろ（呪詞的歌謡）

５　琉球弧の歴史

――ここまでテープ起し済み

6 「おもろさうし」
7 琉歌
8 組踊（劇文学）

以上になります。読みやすい入門書であり、かつまた島尾先生の史観と鑑賞眼が十分にうかがえる一書になりうると考えております。テープ起しが不十分だとは思いますが、存分に手を入れてくださるよう、お願い申しあげます。

書名は「琉球文学論」とか「琉球文学入門」とか、「（私の）琉球文学」とか考えられますが、より適切な書名をお考え下さい。

一月三十日に左記へ引越しました。伸三さん、食あたりとかで、手伝いに来れず、丁寧な詫び状をもらいました。多摩美とまではいきませんが、丘陵の上に団地がつらなり西に富士山の雪をいただいた姿が見え、爽快なところです。新宿に出るのに一時間ちかくかかり、会社まで家を出てから一時間半のところです。伸三さんにも遊びにきてもらいましょう。ようやくわが家を手に入れたという実感が湧いてくるのにはまだ時間がかかりそうです。でもなんとはなしに嬉しいような感じでおります。

皆さま、お元気で。

昭和五十二年二月二十四日
島尾敏雄様
　　ミホ様
昨日奥野〔健男〕先生から、島尾先生ご夫妻が風邪で臥せっておられると聞き、一筆お見舞申しあげます。平野〔謙〕先生も予後がよろしからず、竹内好氏もむつかしい状態とききき、吉本さんは糖尿で食餌療法（腰痛は去ったとのこと）をつづけ、……という話ばかりで滅入ります。が、寒波も去り、陽光空にかがやく春の日も近づいてまいりました。はなやぐ季節になります。皆さま一刻も早く本復なさいますよう、心から祈念申しあげます。折口全集の琉球関係の文章を全部よもうと心がけながら、南島の風景を瞼にうかべております。
御身御大切に、くれぐれもご注意下さい。　　怱々

昭和五十二年四月十一日
島尾先生
仲三さんからご様子をうかがいました。奥さまのこと、ご心配のことと存じます。
さきに、「琉球文学論」のテープ起し原稿をお送りしました（約半分ほど）。その後、最後まで起したものが、３００枚（２００字）ほどあります。先生と奥さまとおふたりとも枕をならべて臥せておられるような状態でしたら、お送りするのが何か悪いことのような気がして、手もと

に置いたままにしてあります。合計で２００字６２０枚ほどになります。早目に手を入れていただければ、すみやかに組版にまわしたいと思います。

今月半ばに上京される由、うかがいました。こんどお目にかかる折に、右の原稿の扱いなど、ご相談申しあげたいと思っております。

また、懸案の、吉本さん、奥野さんとの鼎談「日本文化論」についても、ご三方に集まっていただいて打ち合せしたいと考えております。伸三さんから聞いた先生のご様子について、奥野さんと吉本さん、「海」の安原〔顯〕さんにお伝えしました。

対談集はその後返品などあり、約３０００部出て増刷した分の１０００部が残っています。読者に知名度のすくない状態での出版は、なにかとハンディキャップがあります。なんとか好転させたいと、いろいろ企図しているのですが、思うにまかせません。島尾先生、吉本さんにもうしばらくお力添えいただきたい次第です。

上京されたら、ご連絡ください。お待ち申しあげます。

昭和五十二年四月二十日

島尾敏雄様

春もすっかり深くなりました。先日「琉球文学論」テープ起し原稿の後半をお送りいたしました。14日頃上京される予定と聞いておりましたが、こられないご様子とうかがったので、お送りした次第です。奥野先生からご連絡をいただき、先生の近況を承りました。「死の棘」ができあがるのを楽しみにしております。また先に創樹社から「ヤポネシア序説」贈っていただきました。ありがとうございます。

奥さまのご病気のこと、先生のご様子などうかがい、「人生まことにむつかし」という陶淵明の句を想起したりしております。「琉球文学論」はいずれにせよ、できあがりは延びることと観念しておりますので、ゆっくりとご覧下さい。どうか皆さま、一日も早く快方にむかわれるよう、心から祈念申しあげます。　早々

（かごしま近代文学館保管の島尾敏雄宛書簡より抜粋）

『琉球文学論』について

高橋 徹

多摩美術大学で島尾さんが「琉球文学」について講義をするのだよ、と奥野健男さんが教えてくれた。一九七六年のことだった。

私は冬樹社で森内俊雄編集長の下、島尾さんの担当を命じられてから『島尾敏雄非小説集成』全六巻（一九七三）を担当した他、数多くの島尾本を作り、泰流社に移ってからもそれは続いていた。冬樹社の顧問だった奥野さんとの関係も、同様に続いていた。

奥野さんが多摩美の教授になっていたので、『琉球文学論』の集中講義は成り立った。私は連日テープレコーダーを持って多摩美に通った。島尾さんは大学の寮に宿泊した。

奥野さんと島尾さんが「国文学」（一九七三年十月号）で対談したとき、私は奄美に同行した。私にとっての琉球弧体験はこのときに始まった。

奄美での対談ののち、奥野さんが「沖縄へ行ってみよう」と言い出して、一緒に行くことになった。黒潮丸で名瀬から那覇に行き、本土復帰後の雑然とした街並みを歩いた。奥野さんは琉球料理屋に知り合いを集めて宴会を開いた。「沖縄タイムス」の新川明、川満信一、六〇年安保のブントの島成郎《しげお》という人々だった。

奥野さんは吉本隆明さんと東工大で同じ時期に学生生活を過していたから、吉本さんに連絡を取っての手筈だったろう。その人々の話は十分に刺激的だった。

島成郎氏は本土からの派遣医で沖縄に来ていた。東大医学部で精神科医となったが、六〇年安保では共産主義者同盟（ブント）の書記長だった。吉本さんのところによく出入りしていた。私もブントのメンバーだったので親しくしていた。

新川明、川満信一両氏は、琉大の基地反対闘争の中枢にいた人たちで、相次いで「沖縄タイムス」に入り、島さんが本土からの派遣医で冷遇されていたことを新聞で取り上げ、待遇を改善させたのだった。沖縄の警察もびっくりしただろう。吉本さんはその辺の事情も知っていて、奥野さんに伝えたと思われる。のちに、島尾さんと新川・川満さんは同人雑誌を出そうと計画したが、果たされずに終った。

沖縄の後、私は奄美に戻り、島尾家に泊めてもらい、ミホさんの手料理ケイハンを味わった。

島尾さんが冬は沖縄に寒を避けて行くようになって、私も何度か同行したことがある。正確に言うと島尾さんの宿に訪ねていって、或るときは川満信一さんの評論集の編集作業を行い、東京に原稿を持って帰った。それは『沖縄・根からの問い——共生への渇望』（一九七八）になった。

島尾さんのエッセイをまとめた『南風のさそい』（一九七八）もそうした流れでできたものだ。

私が東北大学四年のとき、学園祭に吉本隆明さんがやってきた。山形の米沢で工専時代を過した吉本さんは東北にシンパシーをもっていた。山形大学には齋藤愼爾さんがいて、吉本さんはその時、山形から仙台にやってきたのだ。一九六四年の十一月である。それが初対面であった。

一九六八年に大阪の雑誌社をやめて東京に出てきた私は「日本読書新聞」に入社し、吉本さんに会いに行った。以来なにかと吉本さんを訪問していた。私が島尾さんの担当になったことも話していた。

この『琉球文学論』の集中講義のことも話した。すると南島の言語と文学のことを調べているといって、先島の島々における言語のちがいが、日本祖語を垣間見せる、というような、のちの「吉本南島論」で展開される話になるのだった。

私は吉本さんのいくつかの講演記録にあった「南島論」を記憶にとどめる程度だが、吉本さんと島尾さんには共通の関心があり、それは日本祖語とはいかなるものであったか、そしてその話し手の日本人はどこからやってきたのかを追究することになると思うのである。

九州大学でウイグル族の研究をした歴史家である島尾さんと、天草の船大工の出自である吉本さんとの魂の交流は多彩であったのだろう。吉本さんはいつも島尾さんのことを気にかけていた。

私の出自は秋田県である。生家は代々神道を奉じてきた。神道は代表的なものに出雲系、伊勢系などがあるが、どの系統にも入らないものの両方の影響を受けている。秋田では秋田杉にまつわる仕事を一族が分担していた。山の神信仰がその土台にあり、マタギの習俗文化とも接続していた。琉球とは遠く離れたエミシ、エゾの山村である。不思議なことに父が選んだ古神道教派神道の先生は、鹿児島・熊本の人々だった。宗教遍歴の末、古神道に辿りついた父は昭和三十四年頃、毎年屋久島にみそぎに行っていた。

私は島尾さんの講義の中で、おもろ主取《ヌシドリ》のテープを聞いたとき、すごく親しみを感じた。うなるようなその節は、古神道の祝詞《のりと》奏上の際の節とどこか共通するものがある。天台声明《しょうみょう》とも相通じる。日本文化の古い形を尋ねていけば、どれも根が通じているのではないか。

島尾さんに触発されたことどもは数多くある。「琉球弧」という視点を陸奥《みちのく》に援用することもできるだろう。

例えば、前九年後三年の戦乱がある。かつて私が過した秋田県大曲市には、今でも清原姓の人びとが実在する。私が卒業した大曲高校の同じクラスにも清原さんはいた。前九年の役の十二年以上にわたる奥羽の戦乱は、源氏が東国の武士団の頭領になる過程であり、エミシの新しい世代をもたらした。その結果、奥羽の俘囚長に清原氏がなっていく。後三年の役は清原氏の内紛に始まり、源氏の勢力の伸長につながっていく。清原氏は消滅したといわれるが、それが一一〇〇年代のことだ。

その頃に南島では第一尚氏の王国が始まっている。日本の北と南で似たような動きがあった。歴史上の人物は連綿と続いている。歴史の表面にあったものが消えても根は続いている。

私が島尾さんと一緒に旅したときの思い出でのがせないのは、指宿を訪れて、二月田《にがつでん》の殿さま湯に入ったときのことだ。集落のはずれに掘立小屋があり、そこの風呂が「とのさまゆ」だった。昔は島津の一門の殿さまが入りに来たのだろうが、今はこのわびしい風呂にその名を残すのみ。島尾さんの背中を流した。

その翌日、大うなぎが棲息しているという鰻池に行った。山川の港からタクシーで十五分ぐらい。山川はカツオ節のにおいで充満していた。途中で島尾さんは海軍時代の旧友がいると言って下車してしばらく話しこんだ。戦友といってもあっさりした関係のように見えた。折目正しさが、いかにも海軍という印象だった。

那覇に遊んだとき、私は旧知の儀間比呂志さんと同じホテルに泊った。ホテル中、儀間さんの版画でみちていた。朝食後、儀間さんと分かれて島尾さんの借家に行き、町歩きなどして食事をとったあとで、海勢頭豊《うみせどゆたか》さんのライブ会場に行って深夜まで呑む。そういう毎日を過した。新川さんや川満さんが夜遅くまでつきあい、彼らはいつ新聞社の仕事をするんだろうと思った。

学研の編集者で桜田満さんという人がおり、島尾さんの担当だった。この人は秋田の出身で、盛岡の高等農林（今の岩手大学）に学んだ。宮沢賢治の後輩にあたる。実は私の祖母が桜田家から嫁に来ている。北秋田市西根田の桜田助左衛門の一番下の娘を祖父が望んで嫁に来てもらった。

学研の桜田さんに話すと、「それじゃ君は宇都宮のタカハシか」と親戚であることが明らかになった。この桜田さんは文壇の担当でいろいろと世話になった。

当時、銀座の有名なクラブ「眉」に連れていってもらったりした。あるとき島尾さんと上京したミホさんを桜田さんが「眉」に連れていった。

あとで私がミホさんに「どうでしたか?」と聞くと、「若いきれいな娘たちが沢山いて、まぶしかった」と答えてくれた。「島尾もたまにはこういう経験が必要でしょう」とつけ加えられた。『死の棘』が幾多の大きな賞をもらい話題になっていた頃のことである。


島尾さんのまなざしはどこまでもやさしい。琉球弧の風土と人についても、エミシ・エゾのみちのくについても、懐の深さを感じさせるのである。

この本は琉球文学の入門として手ごろであるだけでなく、日本人についての再考を迫る稀有の一書である。

多摩美大に私も縁があり、短い間だが教授をつとめた。この講義から四十年以上たって本ができるのも不思議な感じがする。

二〇一七年三月三十一日

講義する島尾敏雄

末次　智（京都精華大学教授）

今年（二〇一七）は、島尾敏雄が生まれて、ちょうど百年の節目に当たる。

島尾は、たとえば代表作『死の棘』（一九七七）という優れた作品で知られる小説家であるが、その他にも、いくつかの顔を持っていた。工藤邦彦はこれを、「郷土史家としての島尾」、「作家としての島尾」、「(鹿児島県立図書館奄美）分館長としての島尾」、「教師としての島尾」というように分けている。[1]本書『琉球文学論』は、郷土史家としての島尾、そして、教師としての島尾の足跡を知ることの出来る貴重な資料である。

『島尾敏雄全集』第十七巻に収録された「年譜」（青山毅作成）によれば、一九五六年にカトリックの洗礼を受けた島尾は、娘のマヤが鹿児島純心高等学校に入学し、長崎純心聖母会と関わりを持ったことが一つの縁となって、[2]一九七〇年に鹿児島純心女子短期大学の非常勤講師に就いた。そして、そこで「琉球文学」を講じる。なぜ琉球文学なのか、という事情については、島尾自身の「琉球文学事始め」（一九七七）という文章に記されている。

最初何を話していいかわからなかった。苦しまぎれに自分がその中でいくらかかかわりを持ってきたはずの日本の戦後文学の周辺のことをしゃべることにした。単純に自分の経験を話せばよかろうと思ったのだった。

あれは四階か五階かの細長い教室で、学生は二百人ばかりだったのではなかろうか。学年末に近い三月の集中講義であった。

ところが雑談とちがうのだから、しっかりした研究準備のない限り、まとまった授業のできるはずがない。学生諸君には申しわけないことだったが、この最初の集中講義は失敗に終わったのだった。

そこで次の年から私は方針を変え、琉球文学に取り組んでみることにした。

私は研究者ではないし、そのころは県職員としての勤めもあった。その上琉球文学について、何も知らぬといっていい状態にあった。ただ当時奄美大島の名瀬に住んでいたから、奄美を通して琉球方言による文学表現には甚だ関心が強かったのである。

それで身の程をわきまえ、研究成果を学生に教えるというのではなしに、自分の研究（というよりは気ままな探索）の試行錯誤の過程をそのまま学生にぶつけてみよう、と考えたのだった。(3)

当初は、おそらく大学側からの依頼もそういうものであったのだろう、「日本の戦後文学」について、島尾の経験をもとに話すといった講義であった。しかし、それは右にあるように「失敗」に終わる。それで、テーマを「琉球文学」に切り替えたのである。それは、奄美大島本島の名瀬で生活しながら、奄美の方言もそれに含められる「琉球方言」による文学に関心があったからだという。ここには、先に触れた郷土史家としての島尾が深く関わっている。

島尾は、よく知られていることだが、一九五五年に奄美大島本島の名瀬に移住する。そこで翌五六年に地元の有識者と「奄美史談会」を立ち上げるが、これが二回ほどの会合ののち、中心人物の一人・文英吉《かざり》の死によって解散する。そして、島尾は文の後を承け「奄美日米文化会館長」となる。五八年には、先の奄美史談会を承けて「奄美郷土研究会」が立ち上がる。同年、奄美日米文化会館などを前身として「鹿児島県立図書館奄美分館」が設置され、島尾は引き続き初代の館長を務めた。奄美郷土研究会は、各月の研究会、年一回の会報発行をこの分館を場として持続し、島尾自身の言葉を借りれば「島内のまばらな研究家たちの孤絶したばらばらな研究を、総体関係の中で相補いつつ、研究をすすめる場が設けられた[4]」ことになる。その中心にいた島尾は、オーガナイザーであるとともに、自らも奄美文化の研究者となっていくのである。

しかし、島尾は、一九七五年、名瀬を離れ、鹿児島県指宿市に移住する。とともに、それまで非常勤だった鹿児島純心女子短期大学の教授（文学）兼図書館長の職に就く。そこで担当したのが、先に見たように、非常勤時代から取り組んでいた「琉球文学」である。「私の授業覚え[5]」（一九八五）では、講義で「琉球文学」に取り組むようになる過程について、次のように具体的に述べている。

第一回は昭和四十五年三月で、短大の年度としては四十四年度になるが、手始めに「体験的戦後文学史」について話し、二回目からは日本文学概論とでも名づくべき授業になって行った。二回目の講義の中に試みに琉球文学を取り入れたあとは、次第にそちらへの傾斜を深め、既に三回目で本土文学と琉球文学の両立的構成になっていた。……私の方は五十年四月に指宿に転居し常勤となって週一回の授業を受け持った機会に、講義内容を琉球文学に集中させて現在に至った。

つまり、本書の内容の母胎は、常勤になって以降の講義にある。だが、本書の元になった講義そのものは、ここでのものではない。島尾は、最初に引いた「琉球文学事始め」でも「それでも純心の授業をもとにして（昭和）五十一年の暮れには多摩美術大学の集中講義でも琉球文学を話すところまでは来たけれど」と記している。島尾を同大学に招聘したのは、そこで一九六一年から教鞭を執っていた文芸評論家の奥野健男であった。島尾と奥野は、名瀬以前、東京に島尾が住んでいた頃、奥野や吉本隆明らの『現代評論』に島尾が一九五四年に参加して以降、親しく付き合っている。[6] 本書の中にも、講義を聴講していた奥野の名前が出てくる。多摩美術大学に確認したところ一九七七年から一九八三年まで島尾は非常勤講師であったとのことなので、本書に記録された講義以外にも、琉球文学の講義は、島尾の晩年まで続いていたことになる。

本書は、一九七六年に行われた、ここでの集中講義の記録である。この講義録を作成したのは、当時の泰流社の編集者・高橋徹氏であった。「琉球文学事始め」を収めたエッセイ集『南風のさそい』の「あとがき」には、その書名が高橋氏の手になるもの、そして「いくらかあわただしく上梓の運びになったのは、かねて予告してあった『琉球文学私考』の原稿が一向に完成しないお詫びのきもちをこめるつもりがあったからである」と記されている。島尾と高橋は、多摩美術大学での集中講義をもとに、『琉球文学私考』という本を刊行することにしていたのである。だが、それは実現しなかった。島尾の妻ミホは「沖縄への思い」[7]（一九九一）という文章の中で、次のように回想している。

> 「沖縄へ寄せる並々ならぬ思いと二十年に及ぶ南島生活の中で、島尾敏雄が受容した南島を引き出して本にしないのは勿体ない」と、吉本隆明氏から示唆を受けた出版社の編集担当者高橋徹さんは、先ず事の始めにと、当時東京の大学で島尾が講義をしていた「南島文学」の集中講義に、自分も出席してカセット・テープに納め、原稿用紙に整理したものを早速に出版したいとのことでしたが、原稿に目を通した島尾は「恥ずかしくてとても本になど出来ない」とお断わりしました。

島尾と高橋によって構想されていた『琉球文学私考』の契機は、一九七〇年の講演を最初としてその後継続して「南島論」を世に問うた吉本隆明の勧めによるものであった。本書は、これを請けた高橋が島尾の講義を整理したものである。島尾の死後、長男である島尾伸三氏から、かごしま近代文学館に原稿は寄贈された。この原稿を見ると、高橋が文字に起こしたものに、第二章「琉球語について」の途中まで、島尾の修正が詳細に入れられている。だが、すでに触れたように、奄美で多くの研究者と交流してきた島尾は、手を入れるうちに、自らの講義の内容を「研究」としては「恥ずかしい」と考えるようになったのだろう。これは、ある意味で、島尾敏雄らしいということができる。

奄美郷土研究会の成果をまとめた『奄美の文化』にも、先に引いた跋文以外の文章を収録していない。島尾は、研究者を組織し、その輪の中に居たけれども、自らを「研究者」だとは強く思っていなかったのではないか。それは、先の文章の末尾にも、「それで身の程をわきまえ、研究成果を学生に教えるというのではなしに、自分の研究（というよりは気ままな探索）の試行錯誤の過程をそのまま学生にぶつけてみよう」と記されていることからもわかる。ミホも、右の文章に続けて「沖縄の歴史や文化その他もろもろのことに深く心を寄せていました島尾は、沖縄に関する書物は数多く出版されていることを熟知していましたから、今更自分が沖縄のことを著書にして発表するなどとは、烏滸《おこ》がましい限りと遠慮をしたのでしょう」と述べている。これはさらに、予定されていた書名に「私考」と付けられていることからも推測される。そういった事情が、この講義録を島尾が当時刊行しなかったことの理由であろう。

だが、本書に眼を通していただければすぐにわかるように、島尾は琉球文学のことをたいへんよく勉強している。また、門外漢の学生に向けた講義録であるためでもあるが、一般の読者にもたいへんわかりやすい表現、内容となっている。これは、島尾が琉球文学を正確に位置付け、そして個々の表現についてよく理解し、自らのものとしていたからに違いない。非常勤時代も含めれば、少なくともすでに六年間は講義を続けていたことになる。その間に、講義の内容は深まっていったはずである(8)。

もう一つ特徴的なのは、とうぜんのことだが、琉球文学のことを語るさいに、身近であった奄美の事例に多く触れていることである。一人の小説家による「琉球文学」についての講義であるが、島尾は、本書でも少し恥ずかしげに取り上げているように、日本を「本州弧」と「琉球弧」という二つの島々のつらなりとして見る「ヤポネシア」という考え方を提唱したことでも知られている。日本列島の中でも独自の文学を花開かせた奄美と沖縄、つまり琉球弧を取り上げているという意味で、この貴重な講義録は、ヤポネシア論の文学的な分野における具体的な展開ということができるかも知れない。それは、まさに吉本隆明も望んでいたものである。いずれにしろ、島尾敏雄の琉球文学講義は、琉球文学研究史の貴重な一コマとして、あるいは、それを超える思想的な営為として、記憶されるべきものである。それが、島尾生誕百年の年に刊行される意味は大きいと言える。

島尾は、鹿児島純心女子短期大学の学生との講義での交流について「残念なことに、乱視と老視の二つの眼鏡を用いねばならぬために、授業中の使い分けが困難で（しかも乱視の眼鏡は目の前の人でない限り判別ができない）、学生の顔は全く覚えることができなかった」[9]と述べている。だが、多摩美術大学での奥野ゼミの学生は、島尾の印象について「生意気な質問をぶつける学生（僕を含めて）に対してやさしく包み込むような応答をつづける島尾さん」[10]と記しており、鹿児島純心女子短期大学で専任になってからも、島尾と学生とのこのような交流はなされたに違いない。

（1）『文人図書館長・島尾敏雄コレクション』の形成過程に関する一考察」『別府大学紀要』第五七号、二〇一六年、別府大学。

（2）「純心学園の思い出」『南風のさそい』泰流社、一九七八年。これによれば、「文学仲間の田中仁彦が純心短大の講師も兼ねていて、……私は田中氏の誘いに乗ってつい講演を引き受けていた」と述べている。これが、純心短大との直接的な関係の始まりである。

（3）同前書。

（4）『奄美の文化』跋」島尾敏雄編『奄美の文化　総合的研究』法政大学出版局、一九七六年。史談会などとの関わりも、この文章による。

（5）『透明な時の中で』潮出版社、一九八八年。また、安達原達晴は、かごしま近代文学館所蔵の島尾自身の講義ノートの分析を詳細に行っている（安達原達晴「島尾敏雄と鹿児島純心女子短期大学」島尾伸三・志村有弘編『島尾敏雄とミホ』鼎書房、二〇一五年）。これによれば、一九七〇年の最初の集中講義から、「琉球文学」への言及が見られ「島尾は講義において早い段階で『琉球文学』を導入していた」と述べている。また、安達原によれば、同館には、島尾の他の講義ノートが所蔵されているとのことなので、これらの分析により、本書（講義）の位置付けがより明確になるだろう。

（6）『企画展「島尾敏雄と奥野健男」』白根記念渋谷区郷土博物館・文学館、二〇一一年。二人の交流は、このパンレットに詳しい。なお、このパンフレットは、同館（の服部氏）から提供していただいた。

（7）島尾ミホ『愛の棘　島尾ミホエッセイ集』幻戯書房、二〇一六年。

（8）島尾自身も「私の授業覚え」で「講義の内容は凡そ概説的な説明の多いものであったが、年を重ねるにつれ、それぞれの作品の具体的な鑑賞に重点を置くように心掛けてきたつもりで、（昭和）六十年度の授業には、特に『組踊』に多くの時間を割いてみた」と後に述べている。本書の内容からは、そのことがよく読み取れる。

（9）「琉球文学事始め」注（2）前掲書。

（10）注（6）前掲パンフレット。

著者略歴

島尾敏雄（しまお・としお）1917年4月18日、横浜生まれ。九州帝国大学法文学部文科卒業（東洋史）。44年10月、第十八震洋特攻隊隊長として奄美群島加計呂麻島で着任。55年より奄美大島名瀬市に移住。57年、鹿児島県職員となり、のち県立図書館奄美分館に勤務。75年、指宿市へ転居し、鹿児島純心女子短期大学教授兼図書館長に就任。76年、奥野健男の要請を受け、多摩美術大学で講義を行なう（その後77年から83年まで非常勤講師）。86年11月12日、脳梗塞により死去。著作に『死の棘』、『日の移ろい』、『魚雷艇学生』、『ヤポネシア考』（対談集）、『島尾敏雄・ミホ　愛の往復書簡』（共著）などがある。

写真

カバー　奄美大島（久保統一氏撮影。1955頃）
第一章扉　『歴代宝案』「東恩納本」第一集第二巻（沖縄県立図書館蔵）
第二章扉　古仁屋・朝市（久保統一氏撮影）
第三章扉　ノロの正装（著者のアルバムより）
第四章扉　八月踊り（久保統一氏撮影）
第五章扉　浜下り（吉山重雄氏撮影。1956）
第六章扉　餅つき（著者のアルバムより）
第七章扉　名瀬・浜下り（吉山重雄氏撮影。1957）
第八章扉　那覇踊り（著者のアルバムより）

琉球文学論《りゅうきゅうぶんがくろん》

二〇一七年五月九日　第一刷発行

著　者　島尾敏雄

発行者　田尻　勉

発行所　幻戯書房

郵便番号一〇一－〇〇五二
東京都千代田区神田小川町三－十二
岩崎ビル二階
電　話　〇三（五二八三）三九三四
ＦＡＸ　〇三（五二八三）三九三五
ＵＲＬ　http://www.genki-shobou.co.jp/

印刷・製本　中央精版印刷

ISBN978-4-86488-121-0　C0091